PRÉFACE.

J'ai tiré le sujet de cette Comédie d'une ancienne Piece comique, intitulé, *Les tromperies, finesses, et subtilités de Maître Pierre Patelin, Avocat à Paris*; imprimée à Rouen, chez Jacques Cailloué, en 1656, sur la copie de l'an 1560.

Voici ce que dit de cette Piece Pasquier dans ses *Recherches sur la France*, chapître 55, livre 7. « Ne vous souvient-il point de la réponse que fit » Virgile à ceux qui lui improperoient l'étude » qu'il employoit en la lecture d'Ennius, quand » il leur dit qu'en ce faisant il avoit appris à » tirer l'or d'un fumier ? Le semblable m'est ar- » rivé n'agueres aux champs, où étant, destitué » de compagnie, j'ai trouvé, sans y penser, la » Farce de *Maître Pierre Patelin*, que je lus et » relus avec tel contentement, que j'oppose » maintenant cet échantillon à toutes les Comé- » dies Grecques, Latines et Italiennes. » Puis

ser, et avec laquelle il veut jouer la Comédie. Madame Luce avoit consenti à ce mariage; mais le refus de sa Piece l'indispose tellement contre les Comédiens, qu'elle cherche Mademoiselle Beauregard pour lui signifier qu'elle ne sera pas sa bru. On joue la Tragédie de *Bérénice*, et les Comédiens se chamaillent sur la distribution des rôles, qui ne conviennent point à ceux qui en ont été chargés par le Directeur de la Troupe, et auxquels le Public l'a manifesté, dès qu'ils ont paru devant lui. Le derriere du Théâtre est occupé par tous ces Acteurs et Actrices, qui repassent à haute voix ces rôles, et quelques autres de différentes Pieces; par le Poëte M. Ménandre, qui compose, tout haut aussi, des vers d'une Comédie nouvelle; par Madame Luce et sa servante, Marotte; par le prétendu Baron, et un autre fat, de ses amis, qui se fait appeller Marquis, quoiqu'il ne soit qu'un simple Bourgeois; lesquels débitent des fadeurs aux Actrices et des fadaises aux Acteurs. Mademoiselle Beauregard, qui doit jouer Bérénice, n'ose sortir de sa loge, dans la crainte d'être querellée par Madame Luce, et le moment de son entrée en scene est près d'arriver. On est obligé de prendre la médiation de Marotte, entre Madame Luce et les Comédiens, et de promettre de jouer la Piece refusée pour calmer les esprits, et Madame Luce consent, de nouveau, au mariage de son fils avec Mademoiselle Beauregard, qui, en attendant, va, sous le nom de Bérénice, se faire renvoyer de Rome par l'Empereur Titus, auquel les Romains ne permettent pas de l'épouser.

L'AVOCAT PATELIN,

COMÉDIE

COMPOSÉE EN TROIS ACTES, EN PROSE,

Avec un Prologue et trois Intermedes, mêlés de
déclamation, de chants et de danses,

PAR BRUEYS.

A PARIS,

Au Bureau de la Petite Bibliotheque des Théatres,
rue des Moulins, butte S. Roch, n°. 11.

M. DCC. LXXXVI.

après avoir donné le sujet de cette Piece, et en
avoir rapporté quelques-uns des meilleurs endroits, il continue ainsi : « Ne pensez pas que,
» par une opinion particuliere, je sois le seul au-
» quel ait plu ce petit Ouvrage ; car, au con-
» traire, nos ancêtres trouverent ce Maître Pierre
» Patelin avoir si bien représenté le personnage,
» pour lequel il étoit introduit, qu'ils mirent en
» usage ce mot *Patelin*, pour signifier celui qui
» par beaux semblans enjauloit, et de lui firent
» uns *Patelineur* et *Patelinage* pour même sujet.
» Et quand il advient qu'en communs devis,
» quelqu'un extravage de son premier propos,
» celui qui le veut remettre sur ces premieres bri-
» sées, lui dit : *Revenez à vos moutons*, et autres
» proverbes que nous avons puisés de la fontaine
» de Patelin. »

    « Davantage (dit-il dans le même chapître),
» je recueille quelques anciennetés, qui ne doi-
» vent pas être négligées ; car quand vous voyez
» le Drapier vendre ses six aunes de drap neuf
» francs, et qu'à l'instant même il dit que ce
» sont six écus, il faut nécessairement conclure,
» qu'en ce tems-là, l'écu ne valoit que trente sols.

» Mais comme accorderons-nous les passages, en
» ce que, en tous les endroits où il est parlé du
» prix de chaque aune, il n'est parlé que de
» vingt-quatre sols ; ce qui n'est pas somme suffi-
» sante pour faire revenir les six aunes à neuf
» francs, ains à sept livres quatre sols seulement ?
» C'est encore une autre ancienneté digne d'être
» considérée, qui nous enseigne qu'en la ville
» de Paris, où cette Farce fut faite, et, par
» aventure, représentée sur l'échaffault, quand
» on parloit du sol simplement, on l'entendoit
» *parisi*, quinze deniers tournois, (car ainsi
» étoit-il de notre ville de Paris) et à tant que les
» vingt-quatre sols faisoient les trente sols tour-
» nois. »

L'estime que Pasquier fait de cette Comédie,
est ce qui me l'a fait faire, ou pour mieux dire,
ce qui me l'a fait travailler, et mettre dans le
langage d'aujourd'hui. Je ne suis pas cependant
tout-à-fait de l'avis de Pasquier ; mais il est vrai
que cette Piece est un fumier, dont on peut tirer
de l'or. Je ne sais pas si je l'ai fait ; mais je sais
bien que je me suis extrêmement diverti en y
travaillant. J'en ai conservé autant que j'ai pu les

jeux de Théatre que j'y ai trouvés, en les inté-
ressant dans une seule action, qu'il m'a fallu in-
venter, afin de garder, à-peu-près, les regles qu'on
observe aujourd'hui, et qu'on ne connoissoit
gueres en France au tems où cette Piece fut
faite ; ce qui m'a obligé à y ajouter les personnages de Valere, d'Henriette, et de Colette, et
à en changer entierement l'économie et le dénouement.

Cette Comédie avoit été faite en l'année 1700,
pour être représentée devant le Roi, par les prin-
cipaux Seigneurs de la Cour, dans l'appartement
de Madame de Maintenon ; mais la guerre qui
survint à l'occasion de la mort du Roi d'Espagne,
en empêcha l'exécution, et six ans après elle fut
jouée sur le Théatre François, sans Prologue et
sans Intermedes, par les soins de Palaprat, comme
les autres Pieces de Théatre que j'avois compo-
sées en différens tems.

SUJET

DE L'AVOCAT PATELIN.

Dans le Prologue, Mercure rassemble Apollon, Vulcain, Pluton, Minos, la Muse Thalie, les trois Graces et un chœur d'autres Divinités des Cieux et de la Terre, pour représenter devant Jupiter la Comédie de *L'Avocat Patelin*, et divertir par cette Pièce le souverain des Dieux. Les trois Intermedes sont consacrés à la suite de cette allégorie, qui n'est autre chose qu'un éloge prolongé de Louis XIV.

Patelin, Avocat, retiré, avec sa femme et sa fille, dans un village des environs de Paris, voudroit marier cette fille, nommée Henriette ; mais il fait si peu d'affaires et gagne si peu, qu'il est très-pauvre et paroît toujours vêtu de haillons, ce qui éloigne tous ceux qui pourroient avoir dessein d'épouser Henriette. Madame Patelin lui en fait sans cesse le reproche, et il se déter-

mine enfin à se procurer un habit, de quelque
maniere que ce soit, pourvu qu'il ne lui coûte
rien, puisqu'il n'a pas de quoi le payer. Il a pour
voisin un Marchand Drapier, nommé M. Guillaume : il l'aborde, à la chûte du jour, le com-
plimente sur tout ce qui peut l'intéresser, et,
sur-tout, sur la beauté d'un drap maron, dont il
voit un reste de piece étalé à la porte de la boutique.
Il lui fait un conte d'une prétendue dette de feu
son pere, qu'il veut acquitter envers lui, et par-
vient à se faire confier le drap qu'il faut pour l'ha-
biller, en promettant d'en donner le prix le lendemain, avec celui de la dette supposée, et en
invitant M. Guillaume à manger chez lui sa part
d'une oie, envoyée par un de ses cliens. M. Guillaume, le lendemain matin, ne voyant point arriver
l'argent, va chez Patelin, qui contrefait le malade,
et bat la campagne, sans répondre à aucune des
questions relatives au drap, à la dette et à l'invitation
du dîner. M. Guillaume est furieux. Mais il a inten-
té un procès criminel au berger Agnelet, qui garde
les moutons dont la laine sert à faire ses draps,
et qu'il accuse de les tuer, sous prétexte qu'ils
sont malades, tandis qu'il les vend à un bou-

cher, d'accord avec Valere, fils de M. Guillaume, et avec lequel Valere, Agnelet partage
le prix de la vente, pour subvenir à la dépense
de ce fils de l'avare Drapier. Agnelet s'adresse à
Patelin, afin qu'il le défende, devant le Juge du
lieu, contre M. Guillaume, qui l'a battu et veut
encore le faire punir. Patelin engage le berger à
jouer l'insensé, par la suite des coups qu'il a re-
çus à la tête, et conclut en des dommages et in-
térêts contre le maître, pour prétendus frais de
trépan et de guérison. Mais Valere est amoureux
d'Henriette, et M. Guillaume ne veut pas qu'il
l'épouse, parce que son pere est trop pauvre et
qu'il lui en veut de lui avoir dérobé son drap. Il
le reconnoît même à l'audience du Juge Bartolin, et mêle la plainte de son vol de drap à celle
du vol de moutons du berger. Cependant,
Colette, servante de Patelin et fiancée avec
Agnelet, imagine de faire passer celui-ci pour
mort, dans l'opération du trépan, et menace de
poursuivre M. Guillaume, comme ayant tué son
fiancé, à moins qu'il ne veuille bien consentir au
mariage de Valere avec Henriette. Le Juge con-
seille ce parti au Drapier, qui n'a pas plutôt signé

le contrat qu'Agnelet reparoît, en bonne santé, pour épouser Colette ; et M. Guillaume en est pour son drap, qui sert de présent de noces ; pour la prétendue dette contractée envers son pere par celui de Patelin, et pour ses moutons, dans le vol desquels Valere lui avoue avoir été de moirié. La Piece finit par le double mariage d'Henriette et de Valere, de Colette et d'Agnelet.

JUGEMENS ET ANECDOTES

SUR

L'AVOCAT PATELIN.

« Par les remarques de Pasquier , que Brueys
a insérées dans sa Préface, on peut conclure que
la Farce originale de *Pierre Patelin*, Avocat, a
été faite , à Paris, vers l'an 1740 , puisque Le
Blanc, dans son *Traité des Monnoies*, observe
que les écus d'or vieux, ou à la couronne,
haussèrent de prix en 1473 , et furent mis à trente
sols , dit l'Éditeur des *Œuvres réunies de Brueys
et Palaprat* , dans les Remarques historiques
qu'il a placées au-devant de cette Comédie. »

« Cette Farce fut imprimée , pour la première
fois, à Paris, chez Simon Vostre, *in-8°.*, sans
date. Peu de tems après, il en parut une traduction latine, faite par Reuchlin, sous le nom
d'*Alexander connibertus.* Comme cette édition

étoit pleine de fautes, le neveu du Traducteur
en publia une seconde gothique, en petit in-12,
sur vélin, imprimée chez Guillaume Eustache,
avec Privilége de Louis XII, daté du 6 Sep-
tembre 1512. Simon Colinet la réimprima, in-8°.,
en 1543 (Voyez les notes de Duchat sur Ra-
belais, livre premier, chapitre 20) ; et en 1723,
Urbain Coustelier en donna une édition exacte
et faite avec soin, à laquelle il joignit *Le Testa-*
ment de Patelin.... &c. »

« Les différentes éditions ou traductions qu'on
a faites du Patelin peuvent faire présumer avec
raison qu'il a eu un grand succès dans son ori-
gine, et qu'il a conservé long-tems l'estime qu'il
s'étoit acquise. En effet, on trouve dans cette
Comédie le simple, le naturel et le comique,
né du fonds de l'action, ou de la situation, et
non du mot; il ne paroît pas que l'original ait
dégénéré dans la copie de Brueys, si cependant
l'on peut appeler copie un Ouvrage dont le
fonds, à la vérité, n'appartient pas à son Auteur ; mais que néanmoins cet Auteur a su travailler avec tant d'art, soit dans la conduite,
soit dans les détails, qu'il lui a donné l'air d'ori-
ginalité

ginalité et la grace de la nouveauté. Brueys a conservé de l'ancien Patelin les principales scenes de l'Avocat et de M. Guillaume, le personnage de la femme de Patelin et celui d'Agnelet, parce que ce sont des scenes et des personnages pris dans la nature, et qui ne peuvent jamais rien perdre de leur mérite. Quant au fonds, comme la nature ne change point, ses vrais mouvemens ne cessent point d'être les mêmes ; et quelques anciens qu'ils soient, ils sont toujours bons à présenter aux hommes : ainsi ce n'est plus pour celui qui se charge de les remettre au jour qu'une affaire de style ; mais qui cependant ne diminue rien du génie qu'il faut avoir pour réussir dans ce genre d'Ouvrage. »

« Personne, je crois, ne fera le reproche à Moliere d'avoir emprunté de Plaute le sujet d'*Amphitrion*, celui du *Festin de Pierre*, de Caldéron, et d'avoir pris dans les anciennes Farces Italiennes une partie de ses sujets et de ses scenes comiques. Dès que l'on conviendra qu'il est devenu original dans la façon dont il a traité ce qu'il a emprunté d'autrui, on ne pourra lui refuser la justice et les louanges qu'il mérite,

Qu'importe, après tout, que ce qu'on nous présente sur le Théatre soit original ou non, pourvu
qu'il en ait le caractere ? et ne vaudroit-il pas
mieux reprendre de bons sujets, oubliés depuis
un ou deux siecles, que d'en imaginer de nou-
veaux, en courant le risque de la réussite ? Il
est vrai que ces anciens sujets ne demandent ni
saillies d'esprit, ni bons mots, ni équivoques ;
mais y auroit-il grand mal de ramener sur le
Théatre la franchise et le naturel de Guillaume,
de Chrisalde, et le beau simple d'Harpagon,
d'Arnolphe et de Sganarelle ? On objectera peut-
être que le fonds de ces anciennes Pieces n'est
pas noble, et souvent même dans le bas ; mais
il est aisé de répondre à cela que si ce même
fonds produit des situations vraies, naturelles et
comiques, il n'est pas difficile de l'anoblir, et de
le rendre convenable aux mœurs du tems où
l'on écrit. D'ailleurs, une action théatrale ne
doit-elle se passer qu'entre des petits-maîtres,
des financiers, ou des coquettes du grand monde?
et ne peut-on, à l'exemple de Moliere, mettre
sur la scene les bourgeois et les gens du tiers
état ? Ils ont leurs ridicules aussi-bien que les

Marquis et les femmes du bel air ; mais avec cette différence , que les ridicules des bourgeois sont vrais et dans la nature , et que ceux des petits-maîtres ne sont , en quelque façon , que des contorsions ou des affetteries. Le succès qu'a eu le *Patelin* moderne , et le plaisir qu'il fait encore aujourd'hui dans ses représentations , est une preuve que l'action bourgeoise seroit susceptible , sur le Théatre , d'autant , ou peut-être de plus de comique que l'action noble, si depuis trente ans les mœurs n'avoient pas changé , et si le bourgeois , qui rougit aujourd'hui de l'être , n'avoit adopté les façons de penser et d'agir des gens de qualité , et n'avoit mis le naturel et la simplicité des mœurs de nos peres au rang de leurs pourpoints et de leurs ringraves. »

Quelques recherches qui aient été faites jusqu'à présent pour découvrir quel a été l'Auteur de la Farce de *Pierre Patelin* , elles ont encore été toutes infructueuses , et l'on n'a fait sur cet objet que des conjectures , peu vraisemblables.

Beauchamps , dans ses *Recherches sur les Théatres* , dit que « Pierre Blanchet , né à Poitiers , en 1459 , qui composa des Satyres et des Farces , et mourut en 1519, pourroit bien être l'Auteur de la Farce de *Patelin*. »

« Les fourberies de cet homme, nommé Patelin, étoient si publiques, du tems de Pierre Blanchet, qu'on ne fit aucune difficulté de le laisser jouer sur le Théatre, sans aucun déguisement, » ajoute Beauchamps.

Les Auteurs de l'*Histoire universelle des Théatres* rapportent cette assertion de Beauchamps, en la présentant dans un sens différent de celui que Beauchamps lui donne. Ils disent que *Beauchamps prétend que Pierre Blanchet se nommoit Patelin, et qu'il pourroit bien être l'Auteur de la Farce dont il étoit lui-même le principal personnage.* Il y a sûrement-là une faute d'impression. Quoi qu'il en soit, ces Auteurs réfutent l'assertion de Beauchamps, et ajoutent que « la Farce de *Patelin* devoit être connue du tems de Saint-Louis, (c'est-à-dire, à-peu-près, deux siecles plus tôt) et que Blanchet seroit, tout au plus, l'Auteur d'une *Traduction* qui en fut faite, en vers, à la fin du quinzieme siecle. » Apparemment la Traduction latine, attribué à Reuchlin.

Quant à la Farce intitulée *Le Testament de Pate-*

lin, elle paroît être, à-peu-près, du même tems ; mais quoiqu'elle soit la suite de la première, elle lui est si inférieure, pour le fonds et pour le style, que l'on ne peut croire que le même Auteur, quel qu'il fût, ait composé ces deux Ouvrages si différens.

« De tous les Ouvrages de Théâtre faits avant le regne de François premier, celui qui, sans contredit eut le plus grand succès, fut la Farce de *Maître Pierre Patelin*, dit l'Abbé de la Porte dans ses *Anecdotes Dramatiques*. Elle fut reçue avec des applaudissemens incroyables, et plus de cent ans après on y battoit encore des mains. Pasquier ne craint point d'avancer que cette Piece seule *fait contre quatre aux meilleures Comédies Grecques, Latines et Italiennes*. C'est beaucoup dire ; mais on ne peut disconvenir que, si on la regarde non point comme une Comédie réguliere, mais comme une simple Farce, ainsi que son titre le porte, elle ne soit admirable pour le tems où elle a été faite. Le but de l'Auteur étoit d'exprimer par une action le sens de ce proverbe : *A trompeur, trompeur et demi.* »

« Cette Piece a été heureusement ressuscitée de nos jours, et reçoit autant d'applaudissemens

qu'elle en a eu anciennement... Cependant, telle
que l'a donnée l'Abbé de Brueys, elle fut sifflée
à la premiere représentation, et ce fut un hasard
qui fit remettre cette Farce naïve et charmante
au Théatre, et qui l'y a fait rester. Boindin, qui
se piquoit toujours d'avoir un sentiment opposé
à celui du Public, trouva *L'Avocat Patelin* ex-
cellent, par la raison que le Parterre l'avoit trouvé mauvais; et il eut raison cette fois. Ce fut
cet homme singulier, qui, quelque tems après
la chûte de cette Piece, engagea les Comédiens
à en donner une seconde représentation, un
jour que la Duchesse d'Orléans, mere du Ré-
gent, avoit fait retenir deux loges à la Comédie
pour elle et pour les Dames de sa Cour. Cette
Princesse avoit un goût naturel et une franchise
allemande, et elle rit beaucoup et s'amusa fort
de cette Comédie, qui fut, en même-tems, ap-
plaudie du reste de la salle, avec fureur, et que
nous voyons tous les jours avec plaisir. » *Ibidem.*

Les freres Parfaict ne sont pas tout-à-fait d'accord avec l'Abbé de la Porte sur le premier succès de cette Piece. Ils disent, dans leur *Histoire
du Théatre François*, que « la Comédie de
L'Avocat Patelin eut sept représentations de

suite, dans sa nouveauté; mais qu'elle ne rapporta à l'Auteur que soixante-quinze livres, sept sols, parce qu'elle tomba dans les regles à la cinquieme, et que les Comédiens la jouerent encore deux fois, sur leur compte. »

Voici le jugement que portent de cette Piece les Auteurs du *Dictionnaire Dramatique*.

« Le dialogue du premier acte, qui doit servir de modele dans ce genre, appartient au nouvel Auteur. La scene du plaidoyer, presque tirée mot à mot de l'original, est une des plus divertissantes qui soient au Théatre. Le dénouement est un peu froid; mais, en général, cette Piece offre de la simplicité, du naturel et un fonds de comique, d'autant meilleur qu'il naît de la situation même de la chose, et non du mot. »

L'Auteur du *Mercure*, 25 Février 1779, dit que « Brueys a rajeuni l'ancienne Piece des *tromperies, finesses et subtilités de Maître Pierre Patelin*, de maniere qu'il se l'est appropriée, sans changer presque rien au fonds de l'original; que *L'Avocat Patelin* est la meilleure de toutes les Farces que nous ayions au Théatre, comme elle est la plus ancienne, et qu'elle renferme plusieurs scenes d'un comique très-vrai et très-gai, qui excitent toujours un rire universel. »

Nous avons vu jouer le rôle de Patelin et celui d'Agnelet par feu Auger et par feu Bouret, il y a quelques années, avec beaucoup de naturel, et ils y faisoient beaucoup rire et y obtenoient de grands applaudissemens.

M. Cailleau, Imprimeur de Paris, connu pour être Auteur de plusieurs Tragédies, de plusieurs Comédies, d'un grand nombre de Fables, très-agréables, et qui a eu beaucoup de part à quelques Pieces qui se jouent avec succès sur différens Théatres de Paris et de la Province, a mis en vers la Comédie de *L'Avocat Patelin*, en conservant les principales idées et les principales expressions de l'ancienne Farce, et celles que Brucys y a ajoutées. M. Cailleau a lu séparément chacun des trois actes de cette Comédie à des séances publiques du Musée de Paris, dont il est membre, et la gaieté générale que ces lectures ont excitée prouve qu'il n'a rien fait perdre à ses ingénieux originaux, qu'il a au contraire enrichis d'une versification facile et tout-à-fait convenable au sujet.

L'AVOCAT
PATELIN,
COMÉDIE

COMPOSÉE EN TROIS ACTES, EN PROSE;

Avec un Prologue et trois Intermedes, mêlés de
déclamation, de chants et de danses,

PAR BRUEYS;

Représentée, pour la premiere fois, aa
Théatre François, sans Prologue et sans
Intermedes, le 4 Juin 1706.

A

PERSONNAGES

DU PROLOGUE.

THALIE.

MERCURE.

APOLLON.

VULCAIN.

PLUTON.

MINOS.

LES TROIS GRACES.

CHŒUR DES DIEUX.

PROLOGUE.

(Le Théatre représente l'Olympe ; Mercure, le Messager,
de Jupiter, assemble tous les Dieux.)

MERCURE.

Dinités de la terre et des Cieux,
Que de toutes parts on s'avance.
Accourez tous : le Souverain des Dieux
Vous honore de sa présence :
Hâtez-vous, hâtez-vous de paroître à ses yeux.

CHŒUR DES DIEUX, *chantant.*

Hâtons-nous, hâtons-nous de paroître à ses yeux.

UN DES DIEUX.

Dans ce jour de réjouissance,
De son auguste présence,
Il daigne honorer ces lieux,
Que l'on chante, que l'on danse.

CHŒUR DES DIEUX, *chantant.*

Que l'on chante, que l'on danse ;
Hâtons-nous, hâtons-nous de paroître à ses yeux.

UN DES DIEUX.

C'est ici qu'éloigné des travaux glorieux,
Qui lassent quelquefois la suprême puissance,

A ij

Il se plaît à goûter le charme précieux
Des tranquilles plaisirs que donne l'Innocence.

CHŒUR DES DIEUX, *chantant.*

Que l'on chante, que l'on danse;
Hâtons-nous, hâtons-nous de paroître à ses yeux.

(*Les Dieux et les Déesses témoignent par leurs danses la joie de paroître devant Jupiter.*)

MERCURE, *chantant.*

Laissons aux Filles de Mémoire,
Le soin d'éterniser sa gloire;
Et, puisqu'il nous paroît daigner y consentir,
Avec le secours de Thalie,
Par quelque heureuse saillie,
Tâchons à le divertir.

THALIE.

Lorsqu'il prenoit plaisir à mes jeux innocens
La Scene pour lui plaire enfantoit des miracles;
Depuis que de sa vue il prive mes Spectacles
Ils sont devenus languissans.
Pour lui j'avois pris soin de former un Moliere;
Mais il n'est plus... c'est vous en dire assez.
Tâchons donc de trouver dans les siecles passés,
Pour les jeux d'aujourd'hui quelqu'heureuse matiere.
Dans la galante Cour d'un Monarque François
Jadis certain Auteur fit un comique ouvrage,
D'où nous vient le Patelinage;
C'est le sujet dont j'ai fait choix.

UN DES DIEUX, *chantant.*

Du fameux Patelin renouvellons l'histoire;
La France lui donna le jour.

Montrons, montrons aujourd'hui par quel tour
Jusqu'à nous de ce fourbe a passé la mémoire.

CHŒUR DES DIEUX, *chantant.*

Montrons, montrons aujourd'hui par quel tour
Jusqu'à nous de ce fourbe a passé la mémoire.

THALIE.

Vous tous, que Jupiter comble de ses bienfaits,
Et qui ne cherchez qu'à lui plaire,
Allez vous travestir ; prenez l'air et les traits
De ceux dont vous devez prendre le caractere...

(*A Mercure.*)

Vous, faites Patelin.

MERCURE.

Moi, Muse ?... nous verrons !

THALIE.

Oui, je vois que c'est votre affaire :
Vous êtes le Dieu des larrons,
Vous ne sortirez pas de votre caractere....

(*A Apollon.*)

Vous, Apollon, vous ferez Agnelet.

APOLLON.

Un Berger, moi ?

THALIE.

Point de défaite.
Ne l'avez vous pas déja fait
En gardant les troupeaux d'Admette ?...
Sur qui puis-je jeter les yeux
Pour d'un marchand dupé représenter le rôle ?...

(*A Vulcain.*)

Ah ! c'est à vous, Vulcain, qu'il conviendra le mieux.

A iij

VULCAIN.

Un Dieu Marchand ?

THALIE.

Eh ! oui , sur ma parole,
Il vous convient , en vérité !
J'ai besoin d'une dupe , et vous l'avez été...
Il me faudroit un Juge de Village....

(A Minos.)

A vous le dez, grave Minos,

MINOS.

Mais . Muse, vous n'êtes pas sage,
Et vous osez , mal à propos,
Du Juge des Enfers , faire un Juge de Bale,
Voulez-vous que je me ravale
A juger un procès qui n'est que fiction ,
Et d'un Poëte oisif l'imagination ?

THALIE.

D'un Poëte! Minos, est-ce vous faire injure ?
Ne leur devez-vous pas cela ?
Et de qui tenez-vous, que de ces Messieurs-là,
l'infernale Magistrature ?...
Il me reste à donner un rôle seulement...

(A Pluton.)

Pluton veut-il faire l'amant ?

PLUTON.

Ah ! dispensez-m'en , je vous prie :
J'en crains encore le danger.
Pour l'avoir fait une fois dans ma vie
Une mere faillit à me dévisager.

THALIE.

Quoi ! ce n'est que cela ? prenez, prenez ce rôle ;
Il n'est plus de mere si folle !

MERCURE, *aux Dieux.*

Thalie, enfin, le veut ; finissons ces débats :
Pour plaire à Jupiter, que ne feroit-on pas ?
Sa bonté nous y sollicite.
Nous avons vu, plus d'une fois,
Que de nos différens emplois
Si quelqu'un foiblement s'acquitte
Celui dont nous suivons les loix
Se contente du zele, au défaut du mérite...

(*A Thalie.*)

Mais de vos jeux, Muse, que dira-t-on ?
Eh ! quoi, pas une seule Actrice ?

THALIE.

Vous aurez pour femme Euridice.
Je sais qu'elle a suivi Pluton....
Pour femme de Théatre, au moins : autrement non,
Car prenez garde à son époux fidele,
Il ne manquera pas, par ses chants merveilleux,
De la venir réclamer en ces lieux ;
Il ne sauroit vivre sans elle :
C'est le Phœnix des bons maris....
J'ai deux rôles encor. Celui de Henriette
Sera pour la belle Cypris ;
Et pour représenter Colette,
Je vais ravir une Nymphe folette,
Pour qui le Dieu Pan est épris.
De ce Dieu, cependant, je crains la jalousie.
Les Faunes, les Sylvains, venans à son secours,

Pourroient bien de nos jeux interrompre le cours;
En tout cas de leurs chants la douce mélodie,
Leurs danses, leurs concerts, pour servir ses amours,
Feront un Intermede à notre Comédie.....
    Voilà tous mes rôles donnés ;
Et j'en ai fait, je pense, assez bien le partage....
Ce n'est pas encor tout... Ces murs sont trop ornés !
Pour le lieu de la Scene il me faut un Village...
    Muse savante en l'art des bâtimens,
Changez cette superbe et riche architecture
    En une champêtre structure,
    Pour assortir mes divertissemens...
Et vous, Hébé, Déesse du bel âge,
    Aux Graces, qui suivent vos pas,
    Faites embellir cet ouvrage :
    Il ne manquera point d'appas.
Moi, je vais cependant, pour la Piece attendue,
    Faire préparer mes Acteurs...
    Quoi ! vous craignez les Spectateurs,
Et n'osez, travestis, vous montrer à leur vue?
Quand il faut divertir le plus puissant des Dieux
    On peut paroître sur la Scene;
    Quelque figure qu'on y prenne,
    Tout personnage est glorieux.

(*Les Dieux et les Déesses qui doivent se travestir se rendent
à cette raison, et sortent avec Thalie. Pendant que l'O-
lympe se change en un Village, la Déesse Hébé danse
et invite les Graces qui l'accompagnent à parer la Scene ;
ce qu'elles font, en plaçant des vases de fleurs en différens
endroits, en chantant et en dansant.*)

PROLOGUE. ,

UNE GRACE, *chantant.*

A cette Scene rustique
Donnons tous nos ornemens;
L'éclat le plus magnifique
Ne vaut pas nos agrémens.
(*On danse.*)

UNE AUTRE GRACE, *chantant.*

Toujours, quoi qu'on veuille faire,
C'est à nous qu'on a recours;
Sans nous on ne sauroit plaire:
Avec nous on plaît toujours.
(*On danse.*)

UNE AUTRE GRACE, *chantant.*

Venez, charmante Thalie,
Vos Acteurs peuvent sortir:
Votre Scene est embellie;
Venez, venez nous divertir.

(*Les Graces répétent en Chœur les deux derniers vers.*)

Fin du Prologue.

PERSONNAGES DE LA COMEDIE.

M. PATELIN, Avocat.

Madame PATELIN, sa femme.

HENRIETTE, leur fille.

GUILLAUME, Drapier.

VALERE, fils de Guillaume, et amant d'Henriette.

COLETTE, servante de Patelin, et fiancée à Agnelet.

AGNELET, Berger de Guillaume, et amant de Colette.

BARTOLIN, Juge du Village.

UN PAYSAN.

DEUX RÉCORDS.

La Scene est dans un Village près de Paris.

L'AVOCAT
PATELIN,
COMÉDIE.

ACTE PREMIER.

SCENE PREMIERE.

M. PATELIN, seul.

CELA est résolu; il faut, aujourd'hui même, quoique je n'aie pas le sou, que je me donne un habit neuf... Ma foi! on a bien raison de le dire, il vaudroit autant être ladre que d'être pauvre. Qui diantre, à me voit ainsi habillé, me prendroit pour un Avocat? Ne diroit-on pas plutôt que je serois un Magister de ce Bourg? Depuis quinze jours j'ai quitté le Village où je demeurois pour venir m'établir en ce lieu-ci, croyant d'y faire mieux mes affaires... Elles vont de mal en pis. J'ai, de ce côté-là, pour voisin mon compere le Juge du lieu. Pas un pauvre petit procès. De cet autre côté, un riche Marchand Drapier... Pas de quoi m'acheter un méchant habit.... Ah! pauvre Patelin!

pauvre Patelin ! comment feras-tu pour contenter ta femme, qui veut absolument que tu maries ta fille ! Qui diantre voudra d'elle, en te voyant ainsi déguenillé ? Il te faut bien, par force, avoir recours à l'industrie... Oui, tâchons, adroitement, à nous procurer à crédit un bon habit de drap, dans la boutique de Monsieur Guillaume notre voisin. Si je puis une fois me donner l'extérieur d'un homme riche, tel qui refuse ma fille... (*Apercevant sa femme.*) Mais voilà ma femme et sa servante qui causent ensemble sur ma friperie : écoutons-les, sans nous montrer. (*Il se cache dans un coin du Théâtre.*)

SCENE II.

Madame PATELIN, COLETTE, M. PATELIN, *caché*.

Madame PATELIN, *à Colette.*

OH ! çà, Colette, je n'ai point voulu te parler au logis, de peur que mon gueux de mari ne nous écoutât.

M. PATELIN, *à part.*

L'y voilà.

Madame PATELIN, *à Colette.*

Je veux que tu me dises où ma fille peut avoir de quoi aller si proprement qu'elle va ?

COLETTE.

Eh ! c'est, Madame, que Monsieur votre époux lui donne...

Madame

Madame PATELIN, *l'interrompant.*

Mon époux, il n'a pas de quoi se vêtir lui-même.

M. PATELIN, *à part.*

Il est vrai.

Madame PATELIN, *à Colette.*

Je te chasserai, et tu ne te marieras point avec Agnelet, ton fiancé, si tu ne me dis la chose comme elle est.

COLETTE.

Peste ! Madame, il faut vous la dire. Valere, le fils unique de Monsieur Guillaume, ce riche Marchand Drapier, qui demeure-là, est amoureux de Mademoiselle Henriette, et il lui fait des présens, de tems en tems.

M. PATELIN, *à part.*

Ma fille puise donc dans la boutique où j'ai dessein d'aller ?

Madame PATELIN, *à Colette.*

Mais, où prend Valere de quoi faire ces présens ? son pere est un riche brutal qui ne lui donne rien.

COLETTE.

Oh ! Madame, quand les peres ne donnent rien aux enfans, les enfans les volent : cela est dans l'ordre ; et Valere fait comme les autres : c'est la regle.

Madame PATELIN.

Mais, que ne fait-il demander ma fille en mariage ?

COLETTE.

Il l'auroit fait aussi ; mais il craint que son pere n'y veuille pas consentir, à cause, ne vous déplaise,

B

que notre Monsieur va toujours mal vêtu : cela fait mal juger de ses affaires.

M. PATELIN, *à part.*

C'est à quoi je vais donner ordre.

Madame PATELIN, *à Colette.*

J'entends quelqu'un ; retire-toi.

(*Colette rentre.*)

SCENE III.

M. PATELIN, *sortant de sa cachette,* Madame PATELIN.

Madame PATELIN.

AH ! te voilà ?

M. PATELIN,

Oui.

Madame PATELIN.

Comme te voila vêtu !

M. PATELIN.

C'est que... je... je ne suis pas glorieux.

Madame PATELIN.

C'est que tu es un gueux ; et je viens d'apprendre que ta gueuserie rebute tous les partis qui se présentent pour notre fille.

M. PATELIN.

Vous avez raison ; le monde juge des gens par les habits. J'avoue que ceux que je porte font tort à Hen-

COMÉDIE.

siette, et j'ai fait dessein de me mettre aujourd'hui un peu proprement.

Madame PATELIN.

Toi, proprement! et avec quoi?

M. PATELIN, *voulant s'en aller.*

Ne t'en mets pas en peine. Adieu.

Madame PATELIN, *l'arrêtant.*

Et où allez-vous, s'il vous plaît?

M. PATELIN.

Je vais m'acheter un habit de drap.

Madame PATELIN.

Sans avoir un sou acheter un habit?

M. PATELIN.

Oui. De quelle couleur me conseilles-tu de le prendre? gris de fer, ou gris de more?

Madame PATELIN.

Eh! prends-le comme tu pourras, si tu trouves quelqu'un assez sot pour te le donner... Je vais parler à Henriette: je viens d'apprendre de certaines choses qui ne me plaisent gueres!

M. PATELIN.

Si l'on me demande, je serai ici, à la boutique de notre voisin.

(*Madame Patelin rentre.*)

SCENE IV.

M. PATELIN, seul.

ELLE n'est pas encore fermée.... Je songe que je ne ferai pas mal d'aller mettre ma robe : outre qu'elle cachera ces guenilles, une robe donnéra plus de poids à ce que je dois dire à Monsieur Guillaume pour venir à bout de mon dessein... (*L'apercevant.*) Le voilà , avec son fils : allons-nous mettre *in habitu* , et revenons promptement.

(*Il rentre.*)

SCENE V.

M. GUILLAUME , *portant une piece de drap brun,* VALERE.

M. GUILLAUME , *à part , étalant sa piece de drap en dehors de sa boutique.*

ON commence à ne voir gueres clair dans la boutique : exposons ceci un peu plus à la vue des passans... (*A Valere.*) Oh ! çà, Valere , je t'avois dit de me chercher un Berger pour garder le troupeau dont la laine sert à faire mes draps.

VALERE.

Est-ce, mon pere, que vous n'êtes pas content d'Agnelet.

M. GUILLAUME.

Non, car il me vole; et je te soupçonne d'y avoir part.

VALERE.

Moi ?

M. GUILLAUME.

Oui, toi. J'ai su que tu es amoureux de je ne sais quelle fille d'ici près, et que tu lui fais des présens; et je sais que cet Agnelet a fiancé une certaine Colette qui la sert. Tout cela fait que je te soupçonne.

VALERE, *à part.*

Qui diantre nous a découverts ?.... (*A M. Guillaume.*) Je vous assure, mon pere, qu'Agnelet nous sert très-fidélement.

M. GUILLAUME.

Oui, toi; mais non pas moi, car, depuis un mois qu'il a quitté le Fermier avec qui il demeuroit pour entrer à mon service, il me manque six ving's moutons, et il n'est pas possible qu'en si peu de tems il en soit mort, comme il le dit, un si grand nombre de la clavelée.

VALERE.

Les maladies font quelquefois de grands ravages.

M. GUILLAUME.

Oui, avec des médecins; mais les moutons n'en ont pas. D'ailleurs, cet Agnelet fait le nigaut; mais c'est un niais, et le plus rusé coquin.... Enfin, je l'ai pris sur le fait, tuant de nuit un mouton. Je l'ai battu, et je l'ai fait ajourner devant Monsieur le Juge. Cependant, avant que de pousser plus loin l'affaire, j'ai voulu savoir si tu n'avois point quelque part au vol qu'il m'a fait?

VALERE.

Ah! mon pere, j'ai trop de respect pour vos moutons!

M. GUILLAUME.

Je vais donc le poursuivre en Justice.... Mais je veux examiner un peu mieux la chose. Donne-moi mon livre de compte. Approche cette chaise.... (*Valere lui donne un livre et une chaise.*) C'est assez; laisse-moi. Si un Sergent, que j'ai envoyé querir, me demande, fais-moi appeler. Je resterai encore un peu ici, en cas que quelque acheteur se présente.

VALERE, à part.

Allons dire à Agnelet qu'il vienne trouver mon pere, pour s'accommoder avec lui.

(Il s'en va.)

SCENE VI.

M. PATELIN, M. GUILLAUME.

M. PATELIN, à part.

Bon! le voilà seul: approchons.

M. GUILLAUME, à part, feuilletant son livre.

Compte du troupeau.... &c.... Six cents bêtes.... &c.

M. PATELIN, *à part, lorgnant le drap.*

Voilà une piece de drap qui seroit bien mon affaire...
(*A M. Guillaume.*) Serviteur, Monsieur.

M. GUILLAUME, *sans le regarder.*

Est-ce le Sergent que j'ai envoyé querir : qu'il attende ?

M. PATELIN.

Non, Monsieur, je suis ...

M. GUILLAUME, *l'interrompant, en le regardant.*

Une robe?.... Le Procureur donc ?.... Serviteur.

M. PATELIN.

Non, Monsieur, j'ai l'honneur d'être Avocat.

M. GUILLAUME.

Je n'ai pas besoin d'Avocat : je suis votre serviteur.

M. PATELIN.

Mon nom, Monsieur, ne vous est, sans doute, pas
inconnu ? Je suis Patelin, l'Avocat.

M. GUILLAUME.

Je ne vous connois point, Monsieur.

M. PATELIN, *à part.*

Il faut se faire connoître.... (*A M. Guillaume.*) J'ai
trouvé, Monsieur, dans les mémoires de feu mon pere,
une dette qui n'a pas été payée, et....

M. GUILLAUME, *l'interrompant.*

Ce ne sont pas mes affaires; je ne dois rien.

M. PATELIN.

Non, Monsieur : c'est, au contraire, feu mon pere
qui devoit au vôtre trois cents écus ; et, comme je suis
homme d'honneur, je viens vous payer.

M. GUILLAUME.

Me payer? Attendez, Monsieur, s'il vous plaît....
Je me remets un peu votre nom. Oui, je connois
depuis long-tems votre famille. Vous demeuriez au
village ici près : nous nous sommes connus autrefois. Je vous demande excuse ; je suis votre très-
humble et très-obéissant serviteur. (*Lui offrant sa chaise.*)
Asseyez-vous là , je vous prie, asseyez-vous là.

M. PATELIN.

Monsieur !

M. GUILLAUME.

Monsieur !

M. PATELIN, *s'asseyant.*

Si tous ceux qui me doivent étoient aussi exacts
que moi à payer leurs dettes, je serois beaucoup plus
riche que je ne suis ; mais je ne sais point retenir le
bien d'autrui.

M. GUILLAUME.

C'est pourtant ce qu'aujourd'hui beaucoup de gens
savent fort bien faire.

M. PATELIN.

Je tiens que la premiere qualité d'un honnête-
homme est de bien payer ses dettes ; et je viens savoir
quand vous serez en commodité de recevoir vos trois
cents écus.

M. GUILLAUME.

Tout-à-l'heure.

M. PATELIN.

J'ai chez moi votre argent tout prêt, et bien compté
mais il faut vous donner le tems de faire dresser une

quittance par-devant notaire. Ce sont des charges
d'une succession qui regarde ma fille Henriette, et
j'en dois rendre un compte en forme.

M. GUILLAUME.

Cela est juste. Eh ! bien, demain matin à cinq heures.

M. PATELIN.

A cinq heures, soit. J'ai peut-être mal pris mon
tems, Monsieur Guillaume ? je crains de vous détourner.

M. GUILLAUME.

Point du tout ; je ne suis que trop de loisir ! on ne
vend rien.

M. PATELIN.

Vous faites pourtant plus d'affaires vous seul que tous
les négocians de ce lieu.

M. GUILLAUME.

C'est que je travaille beaucoup.

M. PATELIN.

C'est que vous êtes, ma foi ! le plus habile homme
de tout ce pays.... (*Examinant la piece de drap.*) Voilà
un assez beau drap ?

M. GUILLAUME.

Fort beau !

M. PATELIN.

Vous faites votre commerce avec une intelligence !

M. GUILLAUME.

Oh ! Monsieur !

M. PATELIN.

Avec une habileté merveilleuse !

M. GUILLAUME.

Oh ! oh ! Monsieur !

M. PATELIN.

Des manieres nobles et franches, qui gagnent le cœur de tout le monde !

M. GUILLAUME.

Oh ! point, Monsieur !

M. PATELIN.

Parbleu ! la couleur de ce drap fait plaisir à la vue.

M. GUILLAUME.

Je le crois. C'est couleur de maron.

M. PATELIN.

De maron ? Que cela est beau ! Gage, Monsieur Guillaume, que vous avez imaginé cette couleur-là ?

M. GUILLAUME.

Oui, oui, avec mon Teinturier.

M. PATELIN.

Je l'ai toujours dit, il y a plus d'esprit dans cette tête-là, que dans toutes celles du village.

M. GUILLAUME.

Ah ! ah ! ah !

M. PATELIN, *tâtant le drap.*

Cette laine me paroît assez bien conditionnée ?

M. GUILLAUME.

C'est pure laine d'Angleterre.

M. PATELIN.

Je l'ai cru.... A propos d'Angleterre, il me semble, Monsieur Guillaume, que nous avons autrefois été à l'école ensemble ?

M. GUILLAUME.

Chez Monsieur Nicodême ?

M. PATELIN.

Justement. Vous étiez beau comme l'amour !

M. GUILLAUME.

Je l'ai ouï-dire à ma mere.

M. PATELIN.

Et vous appreniez tout ce qu'on vouloit.

M. GUILLAUME.

A dix-huit ans, je savois lire et écrire !

M. PATELIN.

Quel dommage que vous ne vous soyiez appliqué aux grandes choses ! Savez-vous bien, Monsieur Guillaume, que vous auriez gouverné un État ?

M. GUILLAUME.

Comme un autre.

M. PATELIN.

Tenez, j'avois justement dans l'esprit une couleur de drap, comme celle-là. Il me souvient que ma femme veut que je me fasse un habit. Je songe que demain matin à cinq heures, en portant vos trois cents écus, je prendrai peut-être de ce drap.

M. GUILLAUME.

Je vous le garderai.

M. PATELIN, à part.

Le garderai !.... Ce n'est pas-là mon compte. (*A M. Guillaume.*) Pour racheter une rente, j'avois mis à part ce matin douze cents livres, où je ne voulois pas toucher ; mais je vois bien, Monsieur Guillaume, que vous en aurez une partie.

M. GUILLAUME.

Ne laissez pas de racheter votre rente, vous aurez toujours de mon drap.

M. PATELIN.

Je le sais bien ; mais je n'aime point à prendre à crédit.... Que je prends de plaisir à vous voir frais et gaillard ? Quel air de santé, et de longue vie !

M. GUILLAUME.

Je me porte bien.

M. PATELIN.

Combien croyez-vous qu'il me faudra de ce drap, afin qu'avec vos trois cents écus je porte aussi dequol le payer ?

M. GUILLAUME.

Il vous en faudra.... Vous voulez, sans doute, l'habit complet ?

M. PATELIN.

Oui, très-complet, juste-au-corps, culotte et veste, doublés de même; et le tout bien long et bien large.

M. GUILLAUME.

Pour tout cela, il vous en faudra.... Oui.... six aunes.... Voulez-vous que je les coupe en attendant?

M. PATELIN.

En attendant.... Non, Monsieur, non ; l'argent à la main, s'il vous plaît, l'argent à la main : c'est ma méthode.

M. GUILLAUME.

Elle est fort bonne.... (A part.) Voici un homme très-exact.

M. PATELIN

M. PATELIN.

Vous souvient-il, Monsieur Guillaume, d'un jour que nous soupâmes ensemble à l'écu de France?

M. GUILLAUME.

Le jour qu'on fit la fête du village?

M. PATELIN.

Justement; nous raisonnâmes, à la fin du repas, sur les affaires du tems; que je vous ouis dire de belles choses!

M. GUILLAUME.

Vous vous en souvenez?

M. PATELIN.

Si je m'en souviens? Vous prédites dès-lors tout ce que nous avons vu depuis dans Nostradamus!

M. GUILLAUME.

Je vois les choses de loin!

M. PATELIN.

Combien, Monsieur Guillaume, me ferez-vous payer de l'aune de ce drap?

M. GUILLAUME, *regardant la marque.*

Voyons.... Un autre en payeroit, ma foi! six écus; mais allons.... je vous le baillerai à cinq écus.

M. PATELIN, *à part.*

Le Juif!.... (*A M. Guillaume.*) Cela est trop honnête! Six fois cinq écus, ce sera justement....

M. GUILLAUME, *l'interrompant.*

Trente écus.

M. PATELIN.

Oui, trente écus : le compte est bon.... Parbleu! pour renouveller connoissance, il faut que nous man-

C

gions demain à dîner une oie, dont un Plaideur m'a fait présent.

M. GUILLAUME.

Une oie ; je les aime fort !

M. PATELIN.

Tant mieux. Touchez-là ; à demain à dîner. Ma femme les apprête à miracle !... Par ma foi ! il me tarde qu'elle me voie sur le corps un habit de ce drap. Croyez-vous qu'en le prenant demain matin il soit fait à dîner ?

M. GUILLAUME.

Si vous ne donnez du tems au Tailleur, il vous le gâtera.

M. PATELIN.

Ce seroit grand dommage !

M. GUILLAUME.

Faites mieux. Vous avez, dites-vous, l'argent tout prêt ?

M. PATELIN.

Sans cela je n'y songerois pas.

M. GUILLAUME.

Je vais vous le faire porter chez vous par un de mes garçons. Il me souvient qu'il y en a là de coupé justement ce qu'il vous en faut.

M. PATELIN, *prenant le drap.*
Cela est heureux ?

M. GUILLAUME.

Attendez. Il faut auparavant que je l'aune en votre présence.

M. PATELIN.

Bon ! est-ce que je ne me fie pas à vous ?

M. GUILLAUME.

Donnez, donnez ; je vais le faire porter, et vous m'envoierez par le retour....

M. PATELIN, *l'interrompant.*

Le retour.... Non, non ; ne détournez pas vos gens : je n'ai que deux pas à faire d'ici chez moi.... Comme vous dites, le Tailleur aura plus de tems.

M. GUILLAUME.

Laissez-moi vous donner un garçon qui me rapportera l'argent.

M. PATELIN.

Eh ! point, point. Je ne suis pas glorieux : il est presque nuit ; et, sous ma robe, on prendra ceci pour un sac de procès.

M. GUILLAUME.

Mais, Monsieur, je vais toujours vous donner un garçon pour me...

M. PATELIN, *l'interrompant.*

Eh ! point de façon, vous dis-je... A cinq heures précises trois cens trente écus, et l'oie à diner... Oh ! çà, il se fait tard : adieu, mon cher voisin, serviteur... Eh ! serviteur.

M. GUILLAUME.

Serviteur, Monsieur, serviteur.

(*M. Patelin rentre chez lui.*)

C ij

SCENE VII.

M. GUILLAUME, seul.

Il s'en va, parbleu ! avec mon drap ; mais il n'y a pas loin d'ici à cinq heures du matin. Je dine demain chez lui, et il me payera, il me payera.... Voilà, parbleu ! un des plus honnêtes et des plus conscientieux Avocats que j'aie vu de ma vie ! J'ai quelque regret de lui avoir vendu ce drap un peu trop cher, puisqu'il veut bien me payer trois cents écus, sur lesquels je ne comptois point ; car je ne sais d'où diable peut venir cette dette ?... Mais, à la bonne heure... Oh ! çà, il se fait nuit, et voilà, je pense, tout ce que je gagnerai aujourd'hui.... (*Appelant.*) Hola ! hola ! qu'on enferme tout cela là-dedans.... Mais voici, je crois, ce coquin d'Agnelet qui m'a volé mes moutons ?

SCENE VIII.

AGNELET, M. GUILLAUME.

M. GUILLAUME.

Ah ! ah ! voleur... Je puis bien faire ici de bonnes affaires ; ce scélérat m'emporte tout le profit.

AGNELET.

Bon vêpre, Monsieur, et bonne nuit.

M. GUILLAUME.

Tu oses encore te présenter devant moi ?

AGNELET.

C'est, ne vous déplaise , mon bon maître, qu'un Monsieur m'a baillé certain papier , qui parle, dit-on, de moutons , de Juge , et d'ajournerie.

M. GUILLAUME.

Tu fais le benêt ; mais je t'assure que tu ne tueras jamais plus mouton, qu'il ne t'en souvienne !

AGNELET.

Eh ! mon doux maître, ne croyez pas les médisans !

M. GUILLAUME.

Les médisans , coquin ! Ne t'ai-je pas trouvé de nuit tuant un mouton ?

AGNELET.

Par cette ame , c'étoit pour l'empêcher de mourir !

M. GUILLAUME.

Le tuer, pour l'empêcher de mourir !

AGNELET.

Oui, de la clavelée, à cause, ne vous déplaise, que quand ils mourront de vilain mal, il faut les jeter ; et on les tue avant qu'ils mourront.

M. GUILLAUME.

Qu'ils mourront ! Le traître ! des moutons dont la laine me fait des draps d'Angleterre, que je vends cinq écus l'aune.... Ote-toi d'ici, scélérat ! six vingts moutons en un mois !

AGNELET.

Ils gâtiont les autres, par ma fi !

M. GUILLAUME.

Nous verrons cela demain devant Monsieur le Juge.

AGNELET.

Eh ! mon doux maître, contentez-vous de m'avoir assommé, comme vous voyez ; et accordons ensemble, si c'est votre bon plaisir.

M. GUILLAUME.

Mon bon plaisir est de te faire pendre, entends-tu ?

AGNELET.

Le Ciel vous donne joie !

(*M. Guillaume rentre chez lui.*)

SCENE IX.

AGNELET, *seul.*

Il faut donc que j'aille trouver un Avocat pour défendre mon bon droit.

SCENE X.

VALERE , HENRIETTE , COLETTE , AGNELET.

HENRIETTE , *à Valere.*

Laissez-moi, Valere ; mon pere et ma mere me suivent. Nous allons souper chez ma tante : ils m'ont dit de m'avancer ; retirez-vous.

AGNELET , *à Valere.*

Voulez-vous, Monsieur, que j'éteigne la lumiere ?

VALERE.

Non , tu me priverois du plaisir de la voir.... (*A Henriette.*) Belle Henriette, souffrez, je vous prie....

HENRIETTE , *l'interrompant.*

Non , Valere , je tremble...

VALERE.

Craignez-vous une personne qui vous adore ?

HENRIETTE.

Vous êtes la personne du monde que je crains le plus, et vous savez pourquoi ?... (*A Colette.*) Ne me quittez pas, Colette. (*Agnelet tire Colette par le bras.*)

COLETTE.

C'est cet invalide qui me tire par le bras.

HENRIETTE , *à Valere.*

Si vous m'aimez , Valere , ne songez à moi, je vous prie , que lorsque vous serez assuré du consentement de Monsieur votre pere.

COLETTE.

C'est à quoi, Agnelet et moi, nous avons fait dessein de nous employer.

AGNELET.

J'ai déja imaginé un moyen honnête qui réussira, si Dieu plaît, quand je serai hors de procès.

VALERE.

Quoi qu'il arrive, je te garantirai du tout.

HENRIETTE, *apercevant M. Patelin.*

Voici mon pere ; fuyons tous.

(*Elle s'en va avec Valere, Colette et Agnelet.*)

SCENE XI.

M. PATELIN, Madame PATELIN.

M. PATELIN.

EH ! bien, ma femme, ce drap est-il bien choisi ?

Madame PATELIN.

Oui ; mais avec quoi le payer ? Tu l'as promis à demain matin ; ce Monsieur Guillaume est un arabe, qui viendra ici faire le diable à quatre !

M. PATELIN.

Lorsqu'il viendra, songe seulement à faire ce que je t'ai dit, et à me bien seconder.

Madame PATELIN.

Il faut, malgré moi, que j'aide à t'en sortir ; mais tu devrois rougir de honte de ce que tu m'as proposé de faire, et ce n'est point du tout agir en honnête homme.

M. PATELIN.

Eh ! mon Dieu, ma femme, en honnête homme !.. Il n'est rien de plus aisé, quand on est riche, d'être honnête-homme : c'est quand on est pauvre, qu'il est difficile de l'être... Mais laissons tout cela ; allons souper chez ta sœur, et, dès que nous serons de retour, faisons ce soir même couper cet habit, de peur d'accident.

Madame PATELIN.

Allons ; mais je crains bien que demain matin il n'arrive ici quelque désordre.

Fin du premier Acte.

PREMIER INTERMEDE.

PERSONNAGES DU PREMIER INTERMEDE.

ORPHÉE.
TROUPE D'OMBRES.
PAN.
TROUPE DE FAUNES.

(Orphée vient d'un côté du Théâtre , avec les Ombres
qui le suivent par-tout ; il s'assied sur un lit de gazon,
et joue de la Lyre. Pan vient de l'autre côté , avec les
Faunes qui l'accompagnent ; il est triste de la perte de
la Nymphe qu'il aime , et qu'il cherche par-tout : il
s'assied sur un autre lit de gazon , et joue de la flûte.
Un Faune , pour expliquer le sujet du chagrin de Pan,
chante ce qui suit , et ce Dieu l'accompagne.)

UN FAUNE, chantant.

LE Dieu Pan a perdu la Nymphe qu'il adore ;
Envain pour la chercher dans ces vastes forêts
Nous avons devancé la diligente Aurore :
Qui ne seroit touché de ses tristes regrets ?
Ce qui redouble , enfin , l'ennui qui le dévore,

C'est qu'il brûloit d'amour pour ses jeunes attraits,
    Et n'étoit pas heureux encore.

(*Tandis qu'Orphée touche sa Lyre, une Ombre, pour exprimer sa douleur, chante les Vers suivans.*)

    U N E O M B R E , *chantant.*

Orphée a reperdu son épouse fidelle ;
En vain, pour la chercher sur ces gazons naissans,
Nous avons joint nos cris à sa voix qui l'appelle :
Qui ne seroit touché de ses tristes accens ?
Mais ce qui rend, hélas ! sa douleur plus cruelle,
C'est qu'il étoit lié par des nœuds innocens
    Et se trouvoit heureux près d'elle !

    L E F A U N E .

Lorsqu'au devoir l'amour doit sa naissance,
Un cœur est moins sensible à ses charmans attraits ;
    C'est rarement dans l'innocence,
    Qu'on goûte des plaisirs parfaits.

    L ' O M B R E .

Lorsqu'au devoir l'amour doit sa naissance,
Un cœur est plus sensible à ses charmans attraits ;
    C'est seulement dans l'innocence,
    Qu'on goûte des plaisirs parfaits.

    L E F A U N E et L ' O M B R E , *ensemble.*

Lorsqu'au devoir l'amour doit sa naissance,
    L E F A U N E .

Un cœur est moins sensible   }   à ses charmans at-
    L ' O M B R E .   traits.

Un cœur est plus sensible

LE FAUNE.
C'est rarement
L'OMBRE.   } dans l'Innocence,
C'est seulement

Qu'on goûte des plaisirs parfaits.
LE FAUNE.
A quoi sert ici de feindre?
L'Amour fait les plus doux nœuds;
C'est l'amant que l'on doit plaindre,
S'il perd l'objet de ses feux.
L'OMBRE.
A quoi sert ici de feindre,
L'Hymen fait les plus doux nœuds;
C'est l'époux que l'on doit plaindre,
S'il perd l'objet de ses feux.

LE FAUNE et L'OMBRE, ensemble.
A quoi sert ici de feindre,
LE FAUNE.
L'Amour fait
L'OMBRE.   } les plus doux nœuds.
L'Hymen fait
LE FAUNE.
C'est l'amant
L'OMBRE.   } que l'on doit plaindre,
C'est l'époux
S'il perd l'objet de ses feux.
LE FAUNE et L'OMBRE, ensemble.
Ils sont à plaindre également :
Tâchons d'adoucir leurs souffrances;

Et,

Et , par nos chants et par nos danses,
Consolons l'époux et l'amant.

(Entrée de Faunes et d'Ombres , qui par leurs danses
tâchent de consoler Pan et Orphée. Pendant les danses,
Pan continue à jouer tristement de la flûte , et Orphée
de la Lyre ; ce qui oblige Thalie à leur avouer ce qu'elle
a fait.)

THALIE.

Pan, Orphée , apaisez votre sombre tristesse ;
Pour les jeux que je donne à cette auguste Cour,
   C'est moi qui viens de ravir, en ce jour,
     Votre épouse et votre maîtresse.
J'ai fait venir Bacchus , et Comus , et l'Amour,
   Pour dissiper votre mélancolie ;
     Vous reconnoissez bien Thalie ?
Je vous réponds des objets de vos feux ;
   On vous les rendra toutes deux
    A la fin de ma comédie.
Retirez-vous ; faites place à mes jeux.

Fin du premier Intermede.

D

ACTE II.

SCENE PREMIERE.

M. GUILLAUME, *seul sur la scene*, M. PATELIN, *dans sa maison.*

M. GUILLAUME, *à part.*

IL est du devoir d'un homme bien réglé de récapituler le matin ce qu'il s'est proposé de faire dans sa journée ; voyons un peu. Premiérement je dois recevoir à cinq heures trois cents écus de Monsieur Patelin, pour une dette de feu son pere ; plus trente écus pour six aunes de drap qu'il prit hier ici; item, une oie à dîner chez lui, apprêtée de la main de sa femme : après cela comparoître à l'ajournement devant le Juge contre Agnelet, pour six vingt moutons qu'il m'a volés. Je pense que voilà tout... (*Regardant à sa montre.*) Mais ouais ? il y a long-tems que l'heure est passée, et je ne vois point venir mon homme : allons le trouver... Non, un homme si exact ne me manquera pas de parole. . Cependant il a mon drap, et je n'ai point de ses nouvelles... Que faire ?... Faisons semblant de lui rendre visite, et sachons un peu de quoi il est question... (*Ecoutant à la porte de M. Pa-*

telin.) Je crois qu'il compte mon argent... (*Flairant
à la porte.*) Je sens qu'on apprête l'oie... Frappons.
(*Il frappe.*)

M. PATELIN, *dans sa maison.*
Ma fem...me.

M. GUILLAUME, *à part.*
C'est lui-même.

M. PATELIN, *dans la maison.*
Ouvrez la porte... voilà l'Apothicaire.

M. GUILLAUME, *à part.*
L'Apothicaire !

M. PATELIN, *dans la maison.*
Qui m'apporte l'éméthique, l'éméthi...i...que.

M. GUILLAUME, *à part.*
L'éméthique !... C'est quelqu'un qui est malade
chez lui, et je puis n'avoir pas bien reconnu sa voix
à travers la porte. Frappons encore plus fort. (*Il
frappe.*)

M. PATELIN, *dans la maison.*

Caro....o....gne ! ma...a...sque ! ouvriras-
tu...u...

SCENE II.

Madame PATELIN, M. GUILLAUME.

Madame PATELIN, *à voix basse.*

AH ! c'est vous, Monsieur Guillaume ?

M. GUILLAUME.

Oui, c'est moi ; vous êtes, sans doute, Madame Patelin ?

Madame PATELIN.

A vous servir... Pardon, Monsieur, je n'ose parler haut.

M. GUILLAUME.

Oh ! parlez comme il vous plaira ; je viens voir Monsieur Patelin.

Madame PATELIN.

Parlez plus bas, Monsieur, s'il vous plaît.

M. GUILLAUME.

Eh ! pourquoi bas ? Je viens, vous dis-je, lui rendre visite.

Madame PATELIN.

Encore plus bas, je vous prie.

M. GUILLAUME.

Si bas qu'il vous plaira ; mais il faut que je le voie.

Madame PATELIN,

Hélas ! le pauvre homme, il est bien en état d'être vu !

M. GUILLAUME.

Comment! que lui seroit-il arrivé depuis hier?

Madame PATELIN.

Depuis hier? Hélas! Monsieur Guillaume, il y a huit jours qu'il n'a bougé du lit.

M. GUILLAUME.

Du lit? Il vint pourtant hier chez moi.

Madame PATELIN.

Lui! chez vous?

M. GUILLAUME.

Lui, chez moi; et il étoit même fort gaillard, et fort dispos.

Madame PATELIN.

Ah! Monsieur, il faut, sans doute, que cette nuit vous ayiez rêvé cela.

M. GUILLAUME.

Ah! parbleu, ceci n'est pas mauvais, rêvé! Et mes six aunes de drap qu'il emporta, l'ai-je rêvé?

Madame PATELIN.

Six aunes de drap?

M. GUILLAUME.

Oui, six aunes de drap, couleur de maron; et l'oie que nous devons manger à diner? Eh! l'ai-je rêvé?

Madame PATELIN.

Que vous prenez mal votre tems pour rire?

M. GUILLAUME.

Pour rire! ventrebleu! je ne ris point, et n'en ai nulle envie. Je vous soutiens qu'il emporta hier sous sa robe, six aunes de drap.

D iij

Madame PATELIN.

Hélas! le pauvre homme, plût au Ciel qu'il fût en état de l'avoir fait!... Ah! Monsieur Guillaume, il eut tout hier un transport au cerveau, qui le jetta dans la rêverie, où je crois qu'il est encore.

M. GUILLAUME.

Oh! par la tête-bleu! vous rêvez vous-même, et je veux absolument lui parler.

Madame PATELIN.

Oh! pour cela, en l'état où il est, il n'est pas possible; nous l'avons mis là sur un fauteuil auprès de la porte, pour faire son lit; si vous le voyiez, il vous feroit pitié.

M. GUILLAUME.

Bon, bon, pitié!... (*Voulant entrer chez M. Patelin.*) En quelque état qu'il soit, je prétends le voir, ou...
Madame PATELIN, *l'interrompant et l'empéchant d'ouvrir la porte.*

Ah! n'ouvrez pas cette porte! vous allez tuer mon mari! Il lui prend, de tems en tems, des envies de courir!... (*Voyant paroître M. Patelin, qui accourt la tête envelopée de chiffons.*) Ah! le voilà parti...

SCENE III.

M. PATELIN, Madame PATELIN, M. GUILLAUME.

Madame PATELIN, à M. Guillaume.

JE vous l'avois bien dit... Aidez-moi à le reprendre... (*A M. Patelin.*) Mon pauvre mari, repose-toi-là.

(Elle arrête M. Patelin, et elle va chercher un fauteuil à l'entrée de sa maison, pour le faire asseoir.)

M. PATELIN, *assis, et criant.*

Haye, haye, la tête !

M. GUILLAUME, *à part.*

En effet, voilà un homme en un piteux état !... Il me semble pourtant que c'est le même d'hier, ou peu s'en faut... Voyons de plus près... (*A M. Patelin.*) Monsieur Patelin, je suis votre serviteur.

M. PATELIN.

Ah ! Bonjour, Monsieur Anodin.

M. GUILLAUME.

Monsieur Anodin !

Madame PATELIN.

Il vous prend pour l'Apothicaire : allez-vous en.

M. GUILLAUME.

Je n'en ferai rien.... (*A M. Patelin.*) Monsieur, vous vous souvenez bien qu'hier...

M. PATELIN, *l'interrompant.*

Oui, je vous ai fait garder....

M. GUILLAUME, *à part.*

Bon ! il s'en souvient.

M. PATELIN.

Uu grand verre plein de mon urine.

M. GUILLAUME.

Je n'ai que faire d'urine.

M. PATELIN, à *Madame Patelin.*

Ma femme, fais-la voir à Monsieur Anodin : il verra si j'ai quelque embarras dans les uretaires.

M. GUILLAUME.

Bon, bon, uretaires !... Monsieur, je veux être payé.

M. PATELIN.

Si vous pouviez un peu éclaircir mes matieres ; elles sont dures comme du fer, et noires comme votre barbe,

M. GUILLAUME.

Pa, pa, pa, voilà me payer en belle monnoie !

Madame PATELIN.

Eh ! Monsieur, sortez d'ici.

M. GUILLAUME.

Bagatelles ! (*A M. Patelin.*) Voulez-vous me compter de l'argent ? Je veux être payé.

M. PATELIN.

Ne me donnez plus de ces vilaines pilulles ; elles ont failli à me faire rendre l'ame.

M. GUILLAUME.

Je voudrois qu'elles t'eussent fait rendre mon drap !

M. PATELIN, à *Madame Patelin.*

Ma femme, chasse, chasse ces papillons noirs qui volent autour de moi .. Comme ils montent !

M. GUILLAUME　　　*Madame Patelin.*

Je n'en vois point

Madame PATELIN.

Eh ! ne voyez-vous pas qu'il rêve ? Allez-vous-en.

M. GUILLAUME.

Tarare ! je veux de l'argent.

M. PATELIN.

Les Médecins m'ont tué avec leurs drogues.

M. GUILLAUME, à *Madame Patelin.*

Il ne rêve pas à présent... Il faut que je lui parle...
(*A M. Patelin.*) Monsieur Patelin ?

M. PATELIN.

Je plaide, Messieurs, pour Homere.

M. GUILLAUME.

Pour Homere !

M. PATELIN.

Contre la Nymphe Calypso.

M. GUILLAUME.

Calypso !... Que diable est ceci ?

Madame PATELIN.

Il rêve, vous dis-je. Allez - vous - en : sortez, je
vous prie !

M. GUILLAUME.

A d'autres !

M. PATELIN.

Les Prêtres de Jupiter... les Coribantes... Il l'a
pris, il l'emporte... Au chat ! au chat ! ... Adieu mon
lard !

M. GUILLAUME.

Oh ! çà, quand vous aurez assez rêvé, me payerez-
vous, au moins, mes trente écus ?

M. PATELIN.

Sa grotte ne retentissoit plus du doux chant de sa
voix....

M. GUILLAUME, à part.

Ouais ! aurois-je pris quelqu'autre pour lui ?

Madame PATELIN.

Eh ! Monsieur, laissez en repos ce pauvre homme.

M. GUILLAUME.

Attendez : il aura peut-être quelqu'intervalle... Il
me regarde, comme s'il vouloit me parler.

M. PATELIN.

Ah ! Monsieur Guillaume !

M. GUILLAUME, à Madame Patelin.

Oh ! il me reconnoît.... (A M. Patelin.) Eh !
bien ?

M. PATELIN.

Je vous demande pardon.

M. GUILLAUME, à Madame Patelin.

Vous voyez, s'il s'en souvient ?

M. PATELIN, à M. Guillaume.

Si, depuis quinze jours que je suis dans ce village,
je ne vous suis pas allé voir.

M. GUILLAUME.

Morbleu ! ce n'est pas là mon compte. Cependant
hier.

M. PATELIN.

Oui, hier, pour vous aller faire mes excuses, je
vous envoyai un Procureur de mes amis.

M. GUILLAUME, à part.

Ventrebleu ! celui-là aura eu mon drap. Un Procureur ! je ne le verrai de ma vie.... (A M. Patelin.)

Mais c'est une invention, et nul autre que vous n'a eu mon drap, à telles enseignes...

Madame PATELIN, *l'interrompant.*

Eh ! Monsieur, si vous lui parlez d'affaires, vous l'allez tuer !

M. GUILLAUME.

A la bonne heure.... (*A M. Patelin.*) A telles enseignes que feu votre pere devoit au mien trois cents écus. Ventrebleu ! je ne m'en irai point d'ici sans drap ou sans argent.

M. PATELIN, *se levant.*

La Cour remarquera, s'il lui plait, que la Pirryque étoit une certaine danse, ta ral, la, la, la... (*Prenant M. Guillaume et le faisant danser.*) Dansons tous, dansons tous.... Ma commere quand je danse....

M. GUILLAUME.

Oh! je n'en puis plus; mais je veux de l'argent.

M. PATELIN, *à part.*

Oh ! je te ferai bien décamper.... (*A Madame Patelin.*) Ma femme, ma femme, j'entends des voleurs qui ouvrent notre porte : ne les entends-tu pas ? Écoutons. Paix, paix ; écoutons.... Oui.... les voilà.... je les vois.... Ah ! coquins, je vous chasserai bien d'ici... Ma hallebarde, ma hallebarde.... (*Il va prendre une hallebarde à l'entrée de sa maison, et revient.*) Au voleur, au voleur.

M. GUILLAUME, *à part.*

Tubieu ! il ne fait pas bon ici.... Morbleu ! tout le monde me vole ; l'un mon drap, l'autre mes moutons ; mais, en attendant que je tire raison de celui-là, allons songer à faire pendre l'autre. (*Il s'en va.*)

SCENE IV.

M. PATELIN, Madame PATELIN.

Madame PATELIN.

Bon ! le voilà parti : je me retire ; mais demeure encore-là un moment, en cas qu'il revînt.

M. PATELIN, *croyant voir revenir M. Guillaume.*

Le voici.... Au voleur.... C'est Monsieur Bartolin ... Il m'a vu.

(*Madame Patelin sort.*)

SCENE V.

M. BARTOLIN, M. PATELIN.

M. BARTOLIN.

Qui crie au voleur ? Quel bruit fait-on à ma porte ? Quel désordre est ceci ?... Ah ! ah ! c'est vous, mon compere !

M. PATELIN.

Oui, c'est moi qui....

M. BARTOLIN.

En cet équipage.

M. PATELIN.

C'est que.... j'ai cru.

M. BARTOLIN.

M. BARTOLIN.

Un Avocat sous les armes !

M. PATELIN.

J'ai cru entendre des....

M. BARTOLIN.

Militant causarum patroni.

M. PATELIN.

C'est que, vous dis-je, j'ai cru entendre des voleurs qui crochetoient ma porte.

M. BARTOLIN.

Crocheter une porte, *coram judice.*

M. PATELIN.

Je croyois, vous dis-je, qu'il y eût des voleurs.

M. BARTOLIN.

Il en faut faire informer....

M. PATELIN, *l'interrompant.*

Mais il n'y en avoit point.

M. BARTOLIN, *sans l'écouter.*

Faire ouïr des témoins...

M. PATELIN, *l'interrompant.*

Et contre qui ?

M. BARTOLIN, *sans l'écouter.*

Et les faire pendre ..

M. PATELIN, *l'interrompant.*

Et qui pendre ?

M. BARTOLIN, *sans l'écouter.*

Point de quartier aux voleurs !

M. PATELIN.

Je vous dis encore une fois qu'il n'y en avoit point, et que je me suis trompé. —

E

M. BARTOLIN.

Ah ! ah ! cela étant ainsi, *cedant arma togæ*. Allez quitter cette hallebarde, et prendre votre robe, pour venir à l'audience que je donnerai ici dans une heure.

(*Il s'en va.*)

SCENE VI.

M. PATELIN, *seul.*

C'EST aussi ce que je vais faire.... Je dois plaider pour certain Berger, dont Colette m'a parlé.... Je pense que le voici... Allons quitter cet équipage, et revenons promptement.

(*Il rentre chez lui.*)

SCENE VII.

COLETTE, AGNELET.

COLETTE.

TU as besoin d'un Avocat subtil et rusé, qui invente quelque fourberie pour te tirer d'affaire; et il n'y a dans tout le Village que Monsieur Patelin qui en soit capable.

AGNELET.

J'en fîmes l'expérience feu mon frere et moi, il y a

quelque tems; mais je ne sais comment faire, car j'oubliai de le payer.

COLETTE.

Il ne s'en souviendra peut-être pas. Au moins, ne lui dis pas que tu sers Monsieur Guillaume; il ne voudroit peut-être pas plaider contre lui.

AGNELET.

Je ne lui parlerai que de mon maître, sans le nommer, et il croira que je sers toujours ce Fermier avec qui je demeurois quand je te fiançai.

COLETTE, *voyant venir M. Patelin.*

Voilà ton Avocat, adieu.

(Elle rentre chez M. Patelin.)

SCENE VIII.

M. PATELIN, AGNELET.

M. PATELIN, *à part.*

AH ! ah ! je connois ce drôle-ci.... (*A Agnelet.*) N'est-ce pas toi qui a fiancé ma servante Colette?

AGNELET.

Oui, Monsieur, oui.

M. PATELIN.

Vous étiez deux freres, que je garantis des galeres; l'un de vous deux ne me paya point.

AGNELET.

C'étoit mon frere.

E ij

M. PATELIN.

Vous fûtes malade au sortir de prison, et l'un de vous deux mourut.

AGNELET.

Ce ne fut pas moi.

M. PATELIN.

Je le vois bien,

AGNELET.

Je fus pourtant plus malade que mon frere. Enfin je viens vous prier de plaider pour moi, contre mon maître.

M. PATELIN.

Ton maître, est-ce ce Fermier d'ici près?

AGNELET.

Il ne demeure pas loin d'ici, et je vous payerai bien.

M. PATELIN.

Je le prétends bien ainsi. Oh! çà, raconte-moi ton affaire, sans me rien déguiser?

AGNELET.

Vous saurez donc que mon bon maître me paie petitement mes gages; et que, pour m'indommager, sans lui faire tort, je fais quelque petit négoce avec un boucher, homme de bien.

M. PATELIN.

Quel négoce fais-tu?

AGNELET.

Sauf votre grace, j'empêche les moutons de mourir de la clavelée.

M. PATELIN.

Il n'y a point-là de mal. Et que fais-tu pour cela ?

AGNELET.

Ne vous déplaise, je les tue quand ils ont envie de mourir.

M. PATELIN.

Le remede est sûr ; mais ne les tues-tu pas exprès, pour faire croire à ton maître qu'ils sont morts de ce mal, et qu'il les faut jeter à la voirie, afin de les vendre, et de garder l'argent pour toi ?

AGNELET.

C'est ce que dit mon doux maître, à cause que l'autre nuit.... quand j'eus enfermé le troupeau.... il vit que je pris.... un.... dirai-je tout ?

M. PATELIN.

Oui, si tu veux que je plaide pour toi.

AGNELET.

L'autre nuit donc, il vit que je pris un gros mouton, qui se portoit ben. Ma fi ! sans y penser, ne sachant que faire ... je lui mis tout doucement mon couteau auprès de la gorge : tant y a, que je ne sais comment cela se fit ; mais il mourut d'abord.

M. PATELIN.

J'entends.... Quelqu'un te vit-il faire ?

AGNELET.

Mon maître étoit caché dans la bergerie. Il me dit que j'en avois fait autant de six vingts moutons, qui lui manquoient.... Or vous saurez que c'est un homme qui dit toujours la vérité. Il me battit, comme vous voyez ; et je vais me faire trépaner. Or, je vous prie, comme vous êtes Avocat, de faire en sorte qu'il ait tort, et que j'aie raison, afin qu'il ne m'en coûte rien.

M. PATELIN.

Je comprends ton affaire. Il y a deux voies à prendre; par la premiere, il ne t'en coûtera pas un sol.

AGNELET.

Prenons celle-là, je vous prie.

M. PATELIN.

Soit. Tout ton bien est en argent?

AGNELET.

Ma fi! oui.

M. PATELIN.

Il te le faut bien cacher.

AGNELET.

Aussi ferai-je.

M. PATELIN.

Ton maître sera contraint de payer tous les dépens.

AGNELET.

Tant mieux.

M. PATELIN.

Et sans qu'il t'en coûte denier, ni maille.

AGNELET.

C'est ce que je demande.

M. PATELIN.

Il sera obligé, s'il veut, de te faire pendre.

AGNELET.

Prenons l'autre, s'il vous plaît.

M. PATELIN.

Le voici, on va te faire venir devant le Juge.

AGNELET.

Il est vrai.

M. PATELIN.

Souviens-toi bien de ceci.

AGNELET.

J'ai bonne souvenance.

M. PATELIN.

A toutes interrogations qu'on te fera, soit le Juge, soit l'Avocat de ton maître, soit moi-même, ne réponds autre chose que ce que tu entends dire tous les jours à tes bêtes à laine. Tu sauras bien parler leur langage, et faire le mouton?

AGNELET.

Cela n'est pas ben difficile.

M. PATELIN.

Les coups que tu as à la tête me font aviser d'une adresse qui pourra te garantir ; mais je prétends ensuite être bien payé.

AGNELET.

Aussi serez-vous, par cette ame !

M. PATELIN.

Monsieur Bartolin va tout-à-l'heure donner audience; ne manque point de revenir ici : tu m'y trouveras. Adieu.... N'oublie pas de porter de l'argent.

AGNELET.

Serviteur.... Que les gens de bien ont de peine à vivre !

Fin du second Acte.

SECOND INTERMEDE.

PERSONNAGES DU SECOND INTERMEDE.

THALIE.
L'AMOUR.
BACCHUS.
COMUS.

THALIE.

VENEZ, paroissez sur la scene,
Dieux des festins.... et vous, Amour.
Après avoir, en ce beau jour,
Et d'Orphée, et de Pan, calmé la triste peine,
Amusez un moment cette brillante Cour,
Dans ce jour de réjouissance ;
Cependant qu'Agnelet, Guillaume et Patelin,
Se préparent pour l'audience
Du vénérable Bartolin.

L'AMOUR et BACCHUS, *chantant ensemble.*

Qu'à me suivre chacun s'empresse ;
C'est moi qui puis combler vos vœux.
L'AMOUR. J'inspire par-tout la tendresse.
BACCHUS. Je répands par-tout l'allégresse.

L'AMOUR.
Il faut aimer
BACCHUS.
Il faut boire } pour être heureux.

COMUS.

En vain de rendre heureux vos jours,
Et l'Amour et Bacchus se disputent la gloire,
Chacun sait que sans mon secours,
On ne sauroit aimer, ni boire.

L'AMOUR, BACCHUS et COMUS, ensemble.

L'AMOUR.
Je rends heureux
COMUS.
Je rends contens } ceux qui suivent mes pas.
BACCHUS.
Je rends joyeux

Sans moi c'est en vain qu'on s'apprête,
Il n'est point de riante fête,

BACCHUS.
Si Bacchus
L'AMOUR.
Si l'Amour } n'en est pas.
COMUS.
Si Comus

THALIE.

Vous contestez en vain, tout le monde confesse
Que tous trois des humains vous êtes desirés ;
Mais qu'il est bon que la Sagesse,

Entre dans la délicatesse
Des plaisirs que vous leur offrez.
S'il faut pourtant, sans complaisance,
Juger à qui l'on doit donner la préférence,
Je croirois que c'est à l'Amour....
(*A Bacchus et à Comus.*)
Pour vous deux, je ne sais ce que chacun en pense;
Mais allez préparer vos mèts les plus exquis,
Nous en ferons l'expérience,
Lorsque nos jeux seront finis.

Fin du second Intermede.

ACTE III.

SCENE PREMIERE.

M. BARTOLIN , M. PATELIN , AGNELET.

M. BARTOLIN, *à M. Patelin.*

OR sus , les Parties peuvent comparoître.

M. PATELIN , *bas à Agnelet.*

Quand on t'interrogera ne réponds que de la maniere que je t'ai dit.

M. BARTOLIN, *à M. Patelin.*

Quel homme est-ce-là ?

M. PATELIN.

Un Berger qui a été battu par son maître , et qui au sortir d'ici va se faire trépaner.

M. BARTOLIN.

Il faut attendre l'adverse Partie , son Procureur, ou son Avocat.... Mais que nous veut Monsieur Guillaume?

SCENE II.

M. GUILLAUME, M. BARTOLIN, M. PATELIN,
AGNELET.

M. GUILLAUME, *à M. Bartolin.*

JE viens plaider moi-même mon affaire.

M. PATELIN, *bas, à Agnelet.*

Ah ! traître ! c'est contre M. Guillaume.

AGNELET.

Oui, c'est mon bon maître.

M. PATELIN, *à part.*

Tâchons de nous tirer d'ici.

M. GUILLAUME.

Ouais ! quel homme est-ce-là ?

M. PATELIN.

Monsieur, je ne plaide que contre un Avocat.

M. GUILLAUME.

Je n'ai pas besoin d'Avocat... (*A part.*) Il a quelque chose de son air.

M. PATELIN.

Je me retire donc.

M. BARTOLIN.

Demeurez, et plaidez.

M. PATELIN.

Mais, Monsieur....

M. BARTOLIN.

Demeurez, vous dis-je. Je veux, au moins, avoir un

Avocat

Avocat à mon audience. Si vous sortez, je vous raye de la matricule.

M. PATELIN, *à part, se cachant la figure avec son mouchoir.*

Cachons-nous du mieux que nous pourrons.

M. BARTOLIN, *à M. Guillaume.*

Monsieur Guillaume, vous êtes le demandeur ; parlez.

M. GUILLAUME.

Vous saurez, Monsieur, que ce maraut-là...

M. BARTOLIN, *l'interrompant.*

Point d'injures.

M. GUILLAUME.

Eh ! bien, que ce voleur...

M. BARTOLIN, *l'interrompant.*

Appellez - le par son nom , ou celui de sa profession.

M. GUILLAUME.

Tant y a, vous dis-je, Monsieur, que ce scélérat de Berger m'a volé six vingts moutons.

M. PATELIN.

Cela n'est point prouvé.

M. BARTOLIN.

Qu'avez-vous, Avocat ?

M. PATELIN.

Un grand mal aux dents.

M. BARTOLIN.

Tant pis ; continuez.

J

M. GUILLAUME, *à part.*

Parbleu ! cet Avocat ressemble un peu à celui de mes six aunes de drap.

M. BARTOLIN.

Quelle preuve avez-vous de ce vol ?

M. GUILLAUME.

Quelle preuve ! Je lui vendis hier... je lui ai baillé en garde six aunes... six cents moutons, et je n'en trouve à mon troupeau que quatre cents quatre-vingt.

M. PATELIN.

Je nie ce fait.

M. GUILLAUME, *à part.*

Ma foi ! si je ne venois de voir l'autre dans la rêverie, je croirois que voilà mon homme.

M. BARTOLIN.

Laissez-là votre homme, et prouvez le fait.

M. GUILLAUME.

Je le prouve par mon drap.... je veux dire par mon livre de compte. Que sónt devenues les six aunes.... les six vingts moutons qui manquent à mon troupeau ?

M. PATELIN.

Ils sont morts de la clavelée.

M. GUILLAUME.

Tête-bleu ! Je crois que c'est lui-même.

M. BARTOLIN.

On ne nie pas que ce ne soit lui-même. *Non est quæstio de persona.* On vous dit que vos moutons sont morts de la clavelée. Que répondez-vous à cela ?

M. GUILLAUME.

Je réponds, sauf votre respect, que cela est faux ;
qu'il emporta sous.... qu'il les a tués pour les vendre, et qu'hier moi-même.... (*A part.*) Oh ! c'est
lui.... (*A M. Bartolin.*) Oui, je lui vendis six....
six.... je le trouvai sur le fait, tuant de nuit un
mouton.

M. PATELIN, *à M. Bartolin.*

Pure invention, Monsieur, pour s'excuser des coups
qu'il a donnés à ce pauvre Berger, qui au sortir
d'ici, comme je vous ai dit, va se faire trépaner.

M. GUILLAUME, *à M. Bartolin.*

Parbleu ! Monsieur le Juge, il n'est rien de plus
véritable ; c'est lui-même. Oui, il emporta hier de
chez moi six aunes de drap, et ce matin au lieu de
me payer trente écus.

M. BARTOLIN.

Que diantre font ici six aunes de drap, et trente
écus ? Il est, ce me semble, question de moutons
volés ?

M. GUILLAUME.

Il est vrai, Monsieur : c'est une autre affaire : mais
nous y viendrons après Je ne me trompe pourtant
point ? Vous saurez donc que je m'étois caché dans
la bergerie... (*A part.*) Oh ! c'est lui très-assurément...
(*A M. Bartolin.*) Je m'étois donc caché dans la bergerie ; je vis venir ce drôle : il s'assit-là. Il prit un
gros mouton... et... et avec de belles paroles, il fit si
bien, qu'il m'emporta six aunes.

F ij

M. BARTOLIN.

Six aunes de moutons ?

M. GUILLAUME.

Non, de drap, lui... Maugrebleu de l'homme !

M. BARTOLIN.

Laissez-là ce drap et cet homme, et revenez à vos moutons.

M. GUILLAUME.

J'y reviens. Ce drole donc, ayant tiré de sa poche son couteau... Je veux dire mon drap... Non, je dis bien, son couteau... il... il... il... il... le mit comme ceci sous sa robe, et l'emporta chez lui, et ce matin, au lieu de me payer mes trente écus, il me nie drap et argent.

M. PATELIN, *riant.*

Ah, ah, ah !

M. BARTOLIN.

A vos moutons, vous dis-je, à vos moutons.

M. PATELIN, *riant.*

Ah ! ah, ah !

M. BARTOLIN, *à M. Guillaume.*

Ouais ! vous êtes hors de sens, Monsieur Guillaume; rêvez-vous ?

M. PATELIN.

Vous voyez, Monsieur, qu'il ne sait ce qu'il dit.

M. GUILLAUME.

Je le sais fort bien, Monsieur. Il m'a volé six vingts moutons, et ce matin, au lieu de me payer trente écus pour six aunes de drap, couleur de maron, il m'a payé de papillons noirs, la Nymphe Calipot, ta

ral là, ma commere, quand je danse. Que diable sais-
je encore ce qu'il est allé chercher?

M. PATELIN, *riant.*
Ah, ah, ah! Il est fou, il est fou!

M. BARTOLIN, *à M. Guillaume.*
En effet... Tenez, Monsieur Guillaume, toutes les
Cours du Royaume ensemble ne comprendront rien
à votre affaire. Vous accusez ce Berger de vous avoir
volé six vingts moutons; et vous entrelardez là de-
dans, six aunes de drap, trente écus, des papillons
noirs, et mille autres balivernes. Eh! encore une fois,
revenez à vos moutons, ou je vais relaxer ce Berger...
Mais j'aurai plutôt fait de l'interroger moi-même...
(*A Agnelet.*) Approche-toi : Comment t'appelles-
tu?

AGNELET.
Bée...

M. GUILLAUME, *à M. Bartolin.*
Il ment; il s'appelle Agnelet.

M. BARTOLIN.
Agnelet ou bée, n'importe... (*A Agnelet.*) Dis-moi,
est-il vrai que Monsieur t'avoit baillé en garde six
vingts moutons?

AGNELET.
Bée...

M. BARTOLIN.
Ouais! la crainte de la Justice te trouble peut-être...
Ecoute, ne t'effraye point... Monsieur Guillaume t'a-
t-il trouvé de nuit tuant un mouton?

F iij

AGNELET.

Bée...

M. BARTOLIN.

Oh! oh! que veut dire ceci?

M. PATELIN.

Les coups qu'il lui a donnés sur la tête lui ont troublé la cervelle.

M. BARTOLIN, à M. Guillaume.

Vous avez grand tort, Monsieur Guillaume.

M. GUILLAUME.

Moi, tort? L'un me vole mon drap, l'autre mes moutons: l'un me paye de chansons, l'autre de bée... et encore, morbleu! j'aurai tort?

M. BARTOLIN.

Oui, tort: il ne faut jamais frapper, sur-tout à la tête.

M. GUILLAUME.

Oh! ventrebleu! il étoit nuit, et quand je frappe, je frappe par-tout.

M. PATELIN, à M. Bartolin.

Il avoue le fait. Monsieur; *Habemus confitentem reum.*

M. GUILLAUME.

Oh! va, va, *confitareum*, tu me paieras mes six aunes de drap, où le diable t'emportera!

M. BARTOLIN.

Encore du drap? On se moque ici de la Justice... Hors de Cour et de Procès, sans dépens!

M. GUILLAUME.

J'en appelle... (*A M. Patelin.*) Et pour vous, Monsieur le fourbe, nous nous reverrons !

(*Il s'en va.*)

SCENE III.

M. BARTOLIN, M. PATELIN, AGNELET.

M. PATELIN, *à Agnelet.*

Remercie Monsieur le Juge.

AGNELET.

Bée... bée...

M. BARTOLIN.

En voilà assez. Va vîte te faire trépaner, pauvre mal-
heureux !

(*Il s'en va.*)

SCENE IV.

M. PATELIN, AGNELET.

M. PATELIN.

Oh ! çà , par mon adresse, je t'ai tiré d'une affaire
où il y avoit de quoi te faire pendre : c'est à toi
maintenant à me bien payer , comme tu m'as promis.

AGNELET.

Bée . . .

M. PATELIN.

Oui , tu as fort bien joué ton rôle ; mais , à présent
il me faut de l'argent , entends-tu ?

AGNELET.

Bée . . .

M. PATELIN.

Eh ! laisse-là ton bée... Il n'est plus question de cela ;
il n'y a ici que toi et moi : veux-tu me tenir ce que tu
m'as promis, et me bien payer ?

AGNELET.

Bée . . .

M. PATELIN.

Comment , coquin , je serois la dupe d'un mouton
vêtu ?... Tête-bleu ! tu me payeras, ou...

(Agnelet s'enfuit.)

SCENE V.

COLETTE, *en deuil ;* M. PATELIN.

COLETTE.

EH ! laissez-le aller, Monsieur, il s'agit de bien autre chose !

M. PATELIN.

Comment donc ?

COLETTE.

Les coups qu'il fait semblant d'avoir à la tête nous ont fait aviser d'un moyen sûr pour faire consentir Monsieur Guillaume au mariage de son fils avec votre fille ; ne serez-vous pas bien payé ?

M. PATELIN.

Seroit-il bien possible ?... Mais de qui as-tu pris le deuil ?

COLETTE.

Agnelet a dit au Juge qu'il s'alloit faire trépaner : il est mort dans l'opération ; et c'est Monsieur Guillaume qui l'a tué.

M. PATELIN.

Ah ! je vois dequoi il est question .. Ah ! fort bien, j'entends.

COLETTE.

Secondez-nous bien seulement : je vais demander justice à Monsieur le Juge.

(*Elle s'en va.*)

SCÈNE VI.

M. PATELIN, *seul.*

EN effet, ce qu'il vient de voir lui fera croire aisément qu'Agnelet est mort, et, par bonheur, Monsieur Guillaume s'est accusé lui-même. Il faut avouer que ce Berger est un rusé coquin ! il m'a toujours trompé moi même, moi qui trompe quelquefois les autres ; mais je le lui pardonne, si, par son adresse, je puis marier richement ma fille.

SCÈNE VII.

M. BARTOLIN, COLETTE, M. PATELIN.

M. BARTOLIN, *à Colette.*

QUE me dites-vous-là ? le pauvre garçon ! voilà une mort bien prompte !

M. PATELIN.

Tout le Village en est déja informé... Comme les malheurs arrivent dans un moment !

COLETTE, *feignant de pleurer.*

Hi, hi, hi !

M. PATELIN, *à M. Bartolin.*

La pauvre fille !... Méchante affaire pour Monsieur Guillaume.

M. BARTOLIN, *à Colette.*

Je vous rendrai justice, ne pleurez pas tant.

COLETTE, *feignant de pleurer.*

Il étoit mon fiancé, é, é, é !

M. BARTOLIN.

Consolez - vous donc , il n'étoit pas encore votre mari.

COLETTE, *feignant de pleurer.*

Je ne le pleurerois pas tant , s'il avoit été mon mari, i, i, i !

M. BARTOLIN.

Il sera puni ; et déja , sur votre plainte , j'ai donné un décret de prise de corps: on doit me l'amener ici. Je vais cependant , pour la forme , visiter le corps mort. Il est là , dites vous , chez votre oncle le Chirurgien ? Je reviens dans un moment.

(*Il s'en va.*)

SCENE VIII.

M. PATELIN, COLETTE.

M. PATELIN.

Il va tout découvrir, s'il ne trouve pas le mort?

COLETTE.

Laissez-le aller. Mon oncle est d'intelligence avec nous; et Agnelet a ajusté dans le lit une certaine tête qui le fera fuir bien vîte.

M. PATELIN.

Mais, quelqu'un dans le Village rencontrera peut-être Agnelet.

COLETTE.

Il s'est allé cacher dans le grenier à foin d'un de nos voisins, d'où il ne sortira que quand le mariage sera tout-à-fait conclu.

SCENE IX.

SCENE IX.

M. BARTOLIN, M. PATELIN, COLETTE.

M. BARTOLIN, *à M. Patelin.*

Non, de ma vie, je n'ai vu une tête d'homme comme celle-là ; les coups, ou le trépan l'ont entiérement défigurée : elle n'a pas seulement la figure humaine, et je n'ai pu la voir un moment sans en détourner la vue.

COLETTE, *feignant de pleurer.*

Ah, ah, ah !

M. PATELIN, *à M. Bartolin.*

Que je plains le pauvre Monsieur Guillaume ! c'étoit un bon homme ; il y avoit plaisir à avoir affaire avec lui.

M. BARTOLIN.

Je le plains aussi ; mais que faire ? Voilà un homme mort, et sa fiancée qui me demande justice ?

M. PATELIN, *à Colette.*

Colette, que te servira de le faire pendre ? Ne vaudroit-il pas mieux pour toi...

COLETTE, *l'interrompant.*

Hélas ! Monsieur, je ne suis ni intéressée, ni vindicative, et s'il y avoit quelque expédient honnête... Vous savez combien j'aime ma maîtressse, votre fille, qui est filleule de Monsieur ? (*Montrant M. Bartolin.*)

G

M. BARTOLIN.

Ma filleule !... Eh ! bien , quel intérêt a-t-elle à tout
ceci ?

COLETTE.

Valere , Monsieur , le fils unique de Monsieur Guillaume, en est amoureux, et desire de l'épouser. Son
pere refuse d'y consentir : vous êtes si habile l'un et
l'autre. Voyez s'il n'y auroit pas là quelque expédient,
afin que tout le monde fût content.

M. BARTOLIN, à M. Patelin.

Oui, il faut que cette fille se déporte de sa poursuite , à condition que Monsieur Guillaume consen-
tira à ce mariage.

COLETTE.

Que cela est bien imaginé !

M. PATELIN, à M. Bartolin.

C'est prendre les voies de la douceur.

M. BARTOLIN.

Avant que de le mettre en prison , on doit me l'a-
mener : il faut que je lui en parle moi-même ; mais
y consentez-vous, Monsieur Patelin ?

M. PATELIN

Eh !... je n'avois pas encore fait dessein de marier ma fille .... cependant .... pour sauver la vie
à Monsieur Guillaume.... allons, allons , j'y donnerai les mains ; et je serois fâché de faire pendre un
homme.

M. BARTOLIN.

J'entends qu'on me l'amene... (*A Colette.*) Vous, allez vîte faire enterrer secrettement le mort, afin qu'on ne m'accuse point de prévarication.

(*Colette s'en va.*)

SCENE X.

M. BARTOLIN, M. PATELIN.

M. PATELIN.

ET moi, pour la forme, je vais faire dresser un mot de contrat, que vous lui ferez signer, s'il vous plaît.

(*Il s'en va.*)

SCENE XI.

M. GUILLAUME, DEUX RECORDS, M. BARTOLIN.

M. BARTOLIN, *à M. Guillaume.*

AH! vous voici? Eh ! bien, vous savez, Monsieur Guillaume, pourquoi on vous a arrêté?

M. GUILLAUME.

Oui, ce coquin d'Agnelet dit qu'il est mort.

G ij

M. BARTOLIN.

Il l'est véritablement ; je viens de le voir moi-même, et vous avez avoué le fait.

M. GUILLAUME.

Peste soit de moi !

M. BARTOLIN.

Oh ! çà, j'ai une chose à vous proposer : il ne tient qu'à vous de sortir d'affaire, et de vous en retourner chez vous en liberté.

M. GUILLAUME.

Il ne tient qu'à moi ? serviteur donc.

M. BARTOLIN.

Oh ! attendez : il faut savoir auparavant si vous aimez mieux marier votre fils que d'être pendu ?

M. GUILLAUME.

Belle proposition ! je n'aime ni l'un, ni l'autre.

M. BARTOLIN.

Je m'explique : vous avez tué Agnelet, n'est-il pas vrai ?

M. GUILLAUME.

je l'ai battu ; s'il est mort, c'est sa faute.

M. BARTOLIN.

C'est la vôtre. Ecoutez : Monsieur Patelin a une fille, belle et sage.

M. GUILLAUME.

Oui, et gueuse comme lui.

M. BARTOLIN.

Votre fils en est amoureux.

M. GUILLAUME.

Eh ! que m'importe ?

M. BARTOLIN.

La fiancée du mort se déporte de sa poursuite, si vous consentez à leur mariage.

M. GUILLAUME.

Je n'y consens point.

M. BARTOLIN, *aux Records.*

Qu'on le mene en prison.

M. GUILLAUME.

En prison... Maugrebleu !... Laissez-moi, au moins, aller dire chez moi qu'on ne m'attende point ?

M. BARTOLIN, *aux Records.*

Ne le laissez pas échapper.

SCENE XII.

M. PATELIN, HENRIETTE, VALERE, COLETTE, M. BARTOLIN, M. GUILLAUME, DEUX RECORDS.

M. PATELIN, *a M. Bartolin.*

Voila le contrat.... (*A M. Guillaume.*) Monsieur, sur le malheur qui vous est arrivé, toute ma famille vient vous offrir ses services.

M. GUILLAUME, *à part.*

Que de patelineurs !

M. BARTOLIN.

Allons, voici toutes les parties ; expliquez-vous vîtes voulez-vous sortir d'affaire ?

G iij

M. GUILLAUME.
Oui.

M. BARTOLIN, *lui présentant le contrat.*
Signez ce contrat.

M. GUILLAUME.
Je n'en veux rien faire.

M. BARTOLIN, *aux Records.*
En prison, et les fers aux pieds.

M. GUILLAUME.
Les fers aux pieds!.... Tubieu ! comme vous y allez !

M. BARTOLIN.
Ce n'est encore rien ; je vais , tout-à-l'heure, vous faire donner la question.

M. GUILLAUME.
Donner la question!

M. BARTOLIN.
Oui, la question ordinaire et extraordinaire ; et, après cela , je ne puis éviter de vous faire pendre.

M. GUILLAUME.
Pendre ! miséricorde !

M. BARTOLIN.
Signez donc. Si vous différez un moment, vous êtes perdu ; je ne pourrai plus vous sauver.

M. GUILLAUME.
Juste Ciel ! que faut-il faire ? (*Il signe.*)

M. BARTOLIN.
Je l'ai oui dire à un fameux Médecin : les coups à la tête sont dangereux comme le diable,.... (*Après que*

M. Guillaume a signé.) Voilà qui est bien. Je vais jeter au feu la procédure ; et je vous en félicite.

M. GUILLAUME.

Oui, j'ai fait aujourd'hui de belles affaires !

M. PATELIN.

L'honneur de votre alliance...

M. GUILLAUME, *l'interrompant.*

Ne vous coûte gueres.

VALERE.

Mon pere, je vous proteste....

M. GUILLAUME, *l'interrompant.*

Va t-en au diable !

HENRIETTE.

Monsieur, je suis fâchée...

M. GUILLAUME, *l'interrompant.*

Et moi aussi.   COLETTE.

Que me donnerez-vous à la place de mon fiancé ?

M. GUILLAUME.

Les moutons qu'il m'a volés.

SCENE XIII et derniere.

UN PAYSAN, AGNELET, M. BARTOLIN,
M. PATELIN, M. GUILLAUME, VALERE,
HENRIETTE, COLETTE, DEUX RECORDS.

LE PAYSAN, à *Agnelet.*

MARCHE, marche, de par le Roi !

AGNELET.

Miséricorde !

M. GUILLAUME.

Ah ! traître ! tu n'es pas mort ?... Il faut que je t'étrangle ; Il ne m'en coûtera pas davantage.

M. BARTOLIN.

Attendez.... (*Au Paysan.*) D'où sort ce fantôme !

LE PAYSAN.

J'avons trouvé ce voleur dans notre grenier ; par quoi je le mene en prison.

M. BARTOLIN, à *Agnelet.*

Ouais ! tu n'as plus de coups à la tête ?

AGNELET.

Ma fi ! non.

M. BARTOLIN.

Qu'est-ce donc qu'on m'a fait voir dans un lit, chez le Chirurgien ?

AGNELET.

C'étoit une tête de viau, Monsieur.

M. GUILLAUME, *à M. Bartolin.*

Allons, puisqu'il n'est pas mort, rendez-moi ce contrat que je le déchire.

M. BARTOLIN.

Cela est juste.

M. PATELIN, *à M. Guillaume.*

Oui, en me payant un dédit qui contient dix mille écus.

M. GUILLAUME.

Dix mille écus !.... Il faut bien, par force, que je laisse la chose comme elle est ; mais vous me paierez les trois cents écus de votre pere ?

M. PATELIN.

Oui, en me portant son billet.

M. GUILLAUME.

Son billet ?... Et mes six aunes de drap ?

M. PATELIN.

C'est le présent de nôces.

M. GUILLAUME.

De nôces ?... Au moins, je tâterai de l'oie ?

M. PATELIN.

Nous l'avons mangée à dîner.

M. GUILLAUME.

A dîner ?... (*Montrant Agnelet.*) Oh ! ce scélérat paiera pour tous, et sera pendu !

VALERE.

Mon pere, il est tems de l'avouer, il n'a rien fait que par mon ordre.

M. GUILLAUME.

Me voilà bien payé de mon drap et de mes moutons!

Fin de la Comédie.

ÉPILOGUE,

OU

TROISIEME INTERMEDE.

PERSONNAGES DU TROISIEME INTERMEDE.

THALIE.

CHŒUR DES DIEUX.

THALIE.

Cipendant que Bacchus et Comus, à l'envi,
 Des biens que leur main nous dispense
 Vont disputer la préférence,
Nous, d'un juste devoir acquittons-nous ici,
Et finissons par là notre réjouissance.
Jupiter a paru satisfait de nos jeux :
 Témoignons-lui notre reconnoissance ;
  Faisons pour lui des vœux.
  LE CHŒUR, *chantant.*
 Témoignons-lui notre reconnoissance ;
  Faisons, faisons pour lui des vœux.

UN DES DIEUX.

Puisse-t-il voir toujours reposer son tonnerre,
Et goûter le plaisir d'avoir par ses exploits,
    Contraint les peuples de la terre
A tenir enchaîné le Démon de la Guerre,
    Et de venir, pour vivre sous ses loix,
De son auguste sang lui demander des Rois?

LE CHŒUR, *chantant.*

Puisse-t-il, &c.

UN DES DIEUX.

    La gloire qui l'environne,
    Ne peut croître désormais;
    Ce n'est que pour sa personne,
    Qu'on peut faire des souhaits.

LE CHŒUR, *chantant.*

La gloire, &c.

UN DES DIEUX.

    Et sur la terre et sur l'onde,
    Il voit tous les cœurs contens:
    Puisse-t-il jouir long-tems
    Des biens qu'il a faits au monde!

LE CHŒUR, *chantant.*

Et sur la terre, &c.

F I N.

LE MUET,

COMÉDIE

EN CINQ ACTES ET EN PROSE,

Par BRUEYS et PALAPRAT.

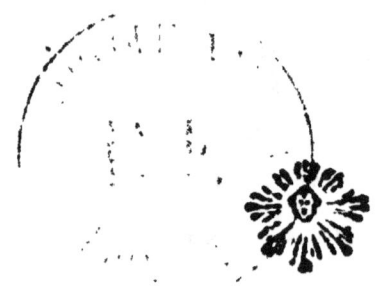

A PARIS,

Au Bureau de la Petite Bibliotheque des Théatres,
rue des Moulins, butte S. Roch, n°. 11.

M. DCC. LXXXVI.

Contraste insuffisant

NF Z 43-120-14